Martin Page

Antoine oder die Idiotie

Martin Page

Antoine oder die Idiotie

Aus dem Französischen
von Moshe Kahn

Verlag Klaus Wagenbach Berlin

Die französische Originalausgabe erschien 2001 unter dem Titel *Comment je suis devenu stupide* bei Le Dilletante in Paris.

Die Übersetzung wurde vom französischen Außenministerium, vertreten durch die Kulturabteilung der französischen Botschaft, gefördert.

Wagenbachs Taschenbuch 489
4. Auflage 2009

Verlag Klaus Wagenbach, Emser Straße 40/41, 10719 Berlin
Umschlaggestaltung: Julie August. Autorenphoto von Anne-Marie Adda. Das Karnickel auf Seite 1 zeichnete Horst Rudolph. Gesetzt aus der Scala Serif. Vorsatzpapier von Schabert, Strullendorf. Gedruckt auf chlor- und säurefreien Papier (Schleipen) und gebunden bei Pustet, Regensburg.

ISBN: 978 3 8031 2489 0

»Er beneidete sie um alles, was sie nicht wußten.«
Oscar Wilde, Das Verbrechen von Lord Arthur Savile

»Ob-la-di ob-la-da life goes on bra.«
The Beatles, Ob-la-di ob-la-da, White Album

Schon immer hatte Antoine den Eindruck, steinalt zu sein. Als er sieben war, fühlte er sich ausgelaugt wie ein Mann von neunundvierzig. Mit elf hatte er bereits alle Enttäuschungen eines Greises von siebenundsiebzig erlebt. Jetzt, mit fünfundzwanzig und in der Hoffnung auf ein etwas angenehmeres Leben, entschloß er sich, das Leichentuch der Idiotie über sein Haupt zu werfen. Allzuoft hatte er feststellen müssen, daß das Wort Intelligenz wohlkonstruierte, fröhlich herausgeplärrte Dummheiten beschreibt und derart mißbräuchlich eingesetzt wird, daß es oft vorteilhafter ist, als Idiot herumzulaufen, denn als vereidigter Intellektueller. Intelligenz macht unglücklich, einsam und arm, während die bloße Maske der Intelligenz einem Menschen die Unsterblichkeit zumindest auf Zeitungspapier einbringt und womöglich noch die Bewunderung derer, die an das glauben, was sie lesen.

Der Wasserkessel begann klagend zu flöten. Antoine goß das sprudelnde Wasser in eine blaue, mit einem von zwei roten Rosen umrankten Mond dekorierte Tasse. Die Teeblätter entfalteten sich trudelnd, verströmten ihre Farbe und ihren Duft, während der Dampf aufstieg und sich in Luft auflöste. Antoine setzte sich an seinen Schreibtisch vor dem einzigen Fenster seines verlotterten Appartements.

Er hatte die ganze Nacht hindurch geschrieben. In einem großen Schulheft hatte er nach zahlreichen tastenden Versuchen, nach seitenlangen Entwürfen sein Manifest endlich in eine Form bringen können. Zuvor hatte er im Schweiße seines Angesichts wochenlang einen Ausweg gesucht, überzeugende Ausflüchte. Doch letzten Endes hatte er sich die schreckliche

Wahrheit eingestehen müssen: Die Ursache seines Unglücks war sein eigener Verstand. In dieser milden Julinacht also hatte Antoine die Argumente niedergeschrieben, die seinen Verzicht aufs Denken erläutern sollten. Das Heft würde als Zeugnis seines Projekts übrigbleiben, für den Fall, daß er dieses gefährliche Experiment nicht unbeschadet überstehen sollte. Doch fraglos diente es vor allem dazu, sich selbst von der Gültigkeit seiner Vorgehensweise zu überzeugen, zumal diese Seiten mit seiner Rechtfertigung den Pomp einer rationalen Beweisführung hatten.

Ein Rotkehlchen pickte ans Fenster. Antoine blickte von seinem Heft auf, und als wolle er antworten, klopfte er mit seinem Kugelschreiber darauf. Er trank einen Schluck Tee, streckte sich auf seinem Stuhl und dachte, als er sich mit der Hand durch die ungewaschenen Haare fuhr, daß es an der Zeit war, im Supermarkt Harvass an der Ecke ein kleines bißchen Haarwaschmittel zu klauen. Antoine empfand sich nicht als Dieb, dazu fehlte ihm die notwendige Leichtigkeit, und außerdem nahm er ja nur, was er brauchte: einen Klecks Shampoo unauffällig in eine kleine Bonbondose gedrückt. Mit Zahnpasta machte er es ebenso, auch mit Seife, Rasierschaum, Rosinen und Kirschen. Auf diese Weise verschaffte er sich seinen Zehnten und konnte dabei sogar noch täglich in den großen Warenhäusern und Supermärkten herumstöbern. Und weil er kein Geld hatte, um sich alle Bücher zu kaufen, die er gerne gehabt hätte, und weil er die Aufmerksamkeit des Wachpersonals und die Sensibilität der Sicherheitskontrollen an den Ausgängen der FNAC beobachtet hatte, stahl er die Bücher Seite für Seite und fügte sie dann im Schutz seiner eigenen vier Wände wieder zusammen, wie ein im Untergrund tätiger Verleger. Jede Seite, durch ein Verbrechen erworben, erlangte so einen wesentlich höheren symbolischen Wert als wenn sie verloren zwischen ihren Schwestern geklebt hätte: Klammheimlich aus einem Buch herausgelöst und dann geduldig wieder gebunden, wurde sie zu etwas Heiligem. So zählte Antoines Bibliothek um die zwanzig wiederhergestellte Bücher in seiner kostbaren Sonderausgabe.

Als dann der Tag anbrach, machte er sich, erschöpft von der schlaflosen Nacht, daran, seiner Proklamation einen Schluß anzufügen. Das Ende des Kugelschreibers zwischen den Zähnen, begann er nach kurzem Zögern, den Kopf tief über das Heft gebeugt, zu schreiben, wobei seine Zunge eifrig zwischen seinen Lippen hin- und herflitzte:

»Nichts geht mir mehr auf die Nerven als die Geschichten, in denen der Held sich am Ende wieder vor seine Ausgangssituation gestellt sieht, dabei aber etwas gewonnen hat. Da hat er Gefahren auf sich genommen, hat Abenteuer erlebt, doch am Schluß fällt er einfach auf die Füße. An dieser Lüge will ich mich nicht beteiligen: So zu tun, als wäre mir nicht klar, worauf das alles hinausläuft. Ich weiß sehr wohl, daß diese Reise in die Idiotie sich in ein Loblied auf die Intelligenz verwandeln wird. Dies wird meine kleine, ganz persönliche Odyssee sein, nach gefahrvollen Prüfungen und Abenteuern werde ich nach Ithaka gelangen. Schon rieche ich den Ouzo und die gefüllten Weinblätter. Es wäre heuchlerisch, das nicht zu sagen, heuchlerisch, nicht zu sagen, daß man vom Anfang der Geschichte an weiß, daß der Held überleben, ja, aus so vielen Prüfungen gereifter hervorgehen wird. Eine künstlich konstruierte Lösung wird, um natürlich zu erscheinen, eine Lektion von der Art verkünden: ›Denken ist zwar gut, aber man muß das Leben leben.‹ Was wir auch sagen, was wir auch denken, immer gibt es eine Moral, die auf der Wiese unserer Persönlichkeit weidet.

Heute ist Mittwoch, der 19. Juli; die Sonne entschließt sich endlich, den Ort ihrer Zurückgezogenheit zu verlassen. Am Ende dieses Abenteuers würde ich gerne wie der Joker in Full

Metal Jacket sagen können: ›Ich lebe zwar in einer beschissenen Welt, aber ich lebe und habe keine Angst.‹«

Antoine legte seinen Kugelschreiber beiseite und machte das Heft zu. Er nahm einen Schluck Tee, der kalt geworden war, streckte sich und setzte Wasser zum Kochen auf den Campinggaskocher, der auf dem nackten Fußboden stand. Das Rotkehlchen pickte an die Scheibe. Antoine öffnete das Fenster und legte eine Handvoll Sonnenblumenkerne auf den Sims.

Antoines Familie stammt zur einen Hälfte aus Burma. Seine Großeltern väterlicherseits waren in den dreißiger Jahren nach Frankreich gekommen, auf den Spuren Shans, ihrer illustren Vorfahrin, die siebenhundert Jahre zuvor Europa entdeckt hatte. Shan war Botanikerin und Abenteurerin gewesen. Sie interessierte sich für Kunst und für Heilmittel und unternahm den Versuch, die Region kartographisch zu erfassen. Zwischen den einzelnen Expeditionen kehrte sie in ihre Geburtsstadt Pagan zurück, besuchte ihre Familie und teilte ihre Entdeckungen sowohl ihren Angehörigen als auch den Gelehrten mit. Anawratha, der erste große Herrscher von Burma, bekam Wind von ihrer Leidenschaft für Forschung und Abenteuer und stellte ihr das nötige Kleingeld für die Entdeckung der großen unbekannten Welt zur Verfügung. Monatelang reisten Shan und ihre Begleiter zu Lande und zu Wasser und irrten ziemlich lange umher, um den Weg in die Neue Welt zu finden, nach Europa. Sie durchquerten das Mittelmeer, gingen im Süden Frankreichs an Land und erreichten Paris. Sie boten den Eingeborenen der europäischen Breiten Glasperlen und Kleidungsstücke aus minderwertiger Seide an und schlossen Handelsabkommen mit den Häuptlingen dieser bleichgesichtigen Stämme. Bei der Rückkehr in ihr Land bereitete man Shan einen triumphalen Empfang. Sie wurde gefeiert und beschloß ihre Tage in hohem Ansehen. Während der Unruhen und Gewalttätigkeiten des 20. Jahrhunderts entschieden Antoines Großeltern in der Hoffnung auf ein ebensolches Glück, den Spuren ihrer Ahnfrau zu folgen. So hatten sie sich Anfang der dreißiger Jahre in der Bretagne niedergelassen. 1941 gründeten sie sogar die berühmte Widerstandsabteilung F.T.P. Burma. Nach und nach hatten sie sich integriert, hatten Bretonisch gelernt und – mit größerer Schwierigkeit – auch Geschmack an Austern gefunden.

Antoines Mutter war Bretonin und Strandaufseherin des Umweltministeriums. Sein Vater, ein Burmese, war Koch aus

Leidenschaft und während der übrigen Zeit Fischer auf einem Trawler. Im Alter von achtzehn Jahren hatte Antoine seine fürsorglichen und beunruhigten Eltern verlassen und sich in die Hauptstadt aufgemacht, wo er sein eigenes Glück suchen wollte. Als Kind war es sein ganzer Ehrgeiz gewesen, Bugs Bunny zu werden, später dann und schon reifer war Vasco da Gama sein Idol. Doch die Studienberaterin bat ihn, Fächer zu wählen, die auf den Dokumenten des Ministeriums aufgelistet waren. Sein Weg durch die Universität verlief ebenso labyrinthisch wie seine Leidenschaften, und er entdeckte immer wieder neue. Antoine hatte nie die willkürliche Trennung der Fächer begreifen können: Er nahm an Vorlesungen teil, die ihn – ganz gleich, in welcher Disziplin – interessierten, und gab die auf, deren Professoren inkompetent waren. Und so ist es eher dem Zufall geschuldet, daß seine Diplome, dank des Stapels seiner Fachnoten und Scheine, überhaupt anerkannt wurden.

Er hatte nur wenige Freunde, denn er litt an jener Art von Asozialität, die von zuviel Toleranz und Verständnis herrührt. Seine unselektiven, völlig unterschiedlichen Neigungen und Vorlieben verbannten ihn aus den Gruppen, die sich vor allem auf gemeinsame Abneigungen gründen. Zwar mißtraute er der gehässigen Anatomie der Massen, doch in erster Linie waren es seine Neugier und Leidenschaft, die Grenzen und Clans ignorierten, die ihn zum Heimatlosen im eigenen Vaterland machten. In einer Welt, in der die öffentliche Meinung auf Antworten zu Meinungsumfragen eingeengt wird, die sich zwischen ja, nein und weiß nicht bewegen, wollte Antoine sein Kreuz in keines der Kästchen machen. Gegen oder für etwas zu sein, empfand er als unerträgliche Einschränkung komplexer Fragen. Zudem besaß er eine feine Scheu, an der er hing wie an einem Relikt aus Kindertagen. Seiner Ansicht nach war jedes einzelne menschliche Wesen so facettenreich, daß keine größere Anmaßung auf dieser Welt denkbar war, als zu selbstsicher gegenüber den anderen, gegenüber dem Unbekannten und den Ungewißheiten zu sein, die jeder einzelne in sich barg. Kurze Zeit fürchtete er, seine kleine Scheu zu verlieren und wieder zur Truppe derer zu gehören, die andere unterdrücken, sofern man sie nicht beherrscht. Doch sein unbeugsamer Wille half ihm, sie sich wie eine Oase seiner Persönlichkeit zu erhalten. Obwohl er viele tiefe Verletzungen erlitten hatte, hatte dies seinen Charakter in keiner Weise verhärten können. Unbeschadet bewahrte er seine hohe Sensibilität, die wie ein Phönix aus Seide jedesmal noch reiner auferstand, wenn sie zu Schaden gekommen und zerquetscht worden war. Zwar glaubte er in einem vertretbaren Maß an sich, bemühte sich aber gleichwohl, nicht allzu selbstsicher zu werden, und dem, was er so dachte, nicht ohne weiteres zuzustimmen, denn ihm war bewußt, wie viele Wörter uns mit Begeisterung dienstbar sind und uns in Sicherheit wiegen, während sie uns doch nur zum Narren machen.

Bevor er den Entschluß faßte, der sein ganzes Leben entscheidend verändern sollte, bevor er also Idiot wurde, hatte Antoine versucht, andere Wege zu gehen, andere Lösungen zu finden, um seine Schwierigkeit, am Leben teilzuhaben, in den Griff zu bekommen.

Hier also sein erster Versuch, den man durchaus als unbeholfen bezeichnen könnte, der aber von der ernstesten, aufrichtigsten Hoffnung erfüllt war.

Antoine hatte noch nie einen Tropfen Alkohol angerührt. Selbst wenn er sich leicht verletzte oder die Haut aufschürfte, verweigerte er sich als überzeugter Antialkoholiker der Desinfektion mit einem siebzigprozentigen Alkohol und nahm lieber Betadin oder Merkurchrom.

Bei ihm zu Hause gab es weder Wein noch Aperitif. Später versagte er sich den Genuß fermentierter oder destillierter

Ersatzmittel, mit denen man den Mangel an Vorstellungskraft ausgleicht oder die Anzeichen einer Depression zum Verschwinden bringt.

Als er realisierte, wie leicht und unbekümmert gegenüber der Realität das Denken betrunkener Menschen war, wie gern sich ihre Rede in Zusammenhanglosigkeiten verlor und daß sich diese Menschen überdies der Illusion hingaben, die großartigsten Wahrheiten zu verkünden, faßte Antoine den Entschluß, sich dieser vielversprechenden Philosophie anzuschließen. Der Rausch schien ihm das ideale Mittel zur Unterbindung jeder Anwandlung von Reflexion. Im Rausch brauchte er nicht mehr nachzudenken, konnte es auch nicht mehr: Er würde ein Rhetoriker des lyrischen Geschwafels werden, wortgewandt und zungenfertig. Klugheit würde im Suff keinen Sinn mehr haben, mit ihren gelockerten Haltetauen könnte sie Schiffbruch erleiden oder von Haien aufgefressen werden, ohne daß er sich Sorgen machen müßte. Ob grundloses Lachen, absurde Ausrufe – im Rauschzustand würde er die ganze Welt lieben, ja hemmungslos sein. Er würde tanzen und herumwirbeln! Oh, natürlich, er vergaß durchaus nicht die dunkle Seite des Alkohols: die Katerstimmung, das Kotzen, die Zirrhose am Horizont. Und die Abhängigkeit.

Er hatte fest vor, Alkoholiker zu werden. Das beschäftigt. Der Alkohol bestimmt das ganze Denken und gibt auch dann noch ein Ziel vor, wenn die Hoffnungslosigkeit zu groß geworden ist: den Entzug. Er würde dann die Zusammenkünfte der Anonymen Alkoholiker besuchen, seinen Werdegang schildern, er würde von Menschen seiner Art unterstützt und verstanden werden, die ihn zu seinem Mut und seinem Willen aufzuhören beglückwünschten. Er würde Alkoholiker sein, also jemand, der eine von der Gesellschaft anerkannte Krankheit hatte. Alkoholiker werden bemitleidet, umsorgt, genießen medizinische Betreuung und menschliche Zuwendung. Dagegen denkt nie jemand daran, intelligente Menschen zu bemitleiden: »Er analysiert das Verhalten seiner Umwelt, das muß ihn doch ziemlich unglücklich machen«, »Meine Nichte ist klug, aber er ist wirklich sehr gut zu ihr. Sie hat fest vor, damit aufzuhören«, »Irgendwann hatte ich wirklich Angst, daß du intelligent wirst.« Das ist nur ein kleiner Ausschnitt von wohlwollenden Bemerkungen voller Mitleid, auf die der intelligente Mensch Anspruch hätte, wenn es mit der Welt gerecht zuginge. Aber nein, die Intelligenz ist ein zwiefaches Übel: Sie verursacht Leiden und keiner, keiner denkt daran, sie für eine Krankheit zu halten.

Dagegen würde der Alkoholismus einem gesellschaftlichen Aufstieg gleichkommen. Er würde an sichtbaren Krankheiten leiden, deren Ursachen bekannt und deren Behandlung bereits vorgesehen sind. Für die Intelligenz gibt es keine Entziehungskur. Und so, wie das Denken zu einem gewissen Ausschluß führt – durch die Distanz des Beobachters zur beobachteten Welt –, so würde die Ergebenheit in den Alkohol ein Mittel sein, einen Platz zu finden. Und völlig in die Gesellschaft integriert zu werden, sofern das nicht schon auf natürliche Weise stattgefunden hat, das kann nur der Wunsch eines Alkoholikers sein. Mit Hilfe des Alkohols würde er nicht mehr diese Zurückhaltung angesichts der Spielchen unter den Menschen haben und könnte sich in aller Ruhe in sie einmischen.

Doch von all dem hatte Antoine nicht die geringste Ahnung, und so wußte er nicht, wie er seine neue Karriere beginnen sollte. Hieß es zunächst, sich vollaufen zu lassen, oder war es im Gegenteil besser, Schritt für Schritt in den geistvollen Sümpfen vorwärts zu waten?

Er mußte ganz einfach. Seine rastlose Neugier trieb ihn in die wenige Schritte entfernte Stadtbücherei von Montreuil: Er wollte auf intelligente Weise, auf konstruktive und kultivierte Art Alkoholiker werden und die Geheimnisse jenes Giftes kennenlernen, das ihn retten würde. Antoine streifte durch die Fachbereiche, wählte die Bücher aus, die ihm am interessantesten erschienen, der wohlwollende Blick des Bibliothekars begleitete ihn dabei; dieser war tief davon überzeugt, daß Antoine intelligent sein müsse, allein, weil er so schlecht gekleidet war. Er kannte ihn gut, immerhin war er nun zum vierten Mal in Folge als »Leser das Jahres« ausgezeichnet worden. Trotz Antoines Einwänden gegen diese kulturelle Zurschaustellung, hatte der Bibliothekar eine Photokopie seines Ausweises mit der fettgedruckten Aufschrift »Leser des Jahres« ans Brett geheftet. Das war peinlich.

Antoine präsentierte sich am Büchertresen mit seinem Lexikon der Alkohole aus aller Welt, Historischer Führer durch die Alkoholika, Alkoholica & Weine, Die bedeutendsten Alkoholika, Die Alkohol-Fibel ... Der Bibliothekar registrierte die entliehenen Bücher und fragte ihn:

»Ja, schon wieder! Sie werden noch Ihren Rekord vom vergangenen Jahr brechen ... meinen Glückwunsch. Betreiben Sie neuerdings historische Studien über den Alkohol?«

»Nein, eigentlich nicht, also ... ich versuche vielmehr, Alkoholiker zu werden. Doch bevor ich mit dem Trinken anfange, würde ich mich gerne ausführlich mit dem Thema beschäftigen.«

Den Bibliothekar quälte an den darauffolgenden Tagen die Frage, ob das nun als Scherz gemeint gewesen war oder nicht, dann starb er, auf geheimnisvolle Weise erstickt inmitten einer Gruppe deutscher Touristen am Eiffelturm.

Nachdem er drei Tage hintereinander diese Bücher verschlungen, Notizen gemacht, Lesezettel angefertigt hatte und schließlich der Meinung war, die Materie jetzt etwas besser zu beherrschen, suchte Antoine unter seinen Bekannten nach einem Alkoholiker, der ihm dieses Metier beibringen könnte. Eine Person, die das Zeug zum Professor für Weißweine und Schnäpse hatte, einen Platon des Likörs, einen Einstein des

Calvados, einen Newton des Wodkas. Den Yoda des Whiskys. Unter seinen näheren und entfernteren Verwandten, unter Kollegen und Nachbarn fand er Psychopathen, Katholiken, einen Baron, eine Kreuzworträtselraterin, einen Petomanen, einen Heroinabhängigen, Anhänger politischer Parteien ... und noch vieler anderer Mängel. Aber keinen Alkoholiker.

Fünfzig Meter von seiner Wohnung entfernt, auf der anderen Straßenseite, befand sich ein Bistrot, das Le Capitaine Éléphant hieß. In diesem Bistrot wollte er sich umschauen.

Antoine nahm seine Bücher, ebenso ein kleines Heft, in das er seine nächsten Erfahrungen und alle neuen Bekanntschaften eintragen wollte. Die Tür brachte ein Glöckchen zum Klingeln, doch niemand drehte sich nach ihm um, als er hereinkam. Er betrachtete die Gäste ruhig, taxierte sie genau, um denjenigen auszuwählen, der sein Lehrer werden sollte. Zwar war es erst halb neun am Morgen, aber alle tranken bereits munter vor sich hin. Da waren nur Männer, einige von ihnen jung, die meisten aber über vierzig. Sie hatten dieses mit einer Patina überzogene undefinierbare Alter von Alkoholikern. Ihr verletztes Leben hatte ihnen nicht den Geschmack und die Kraft heiler Leidenschaften vermitteln können, daher gaben sie ihre bescheidenen Löhne und Gehälter für den Ersatz von Glück und Schönheit aus, eben für Alkohol.

Die Bar sah aus wie tausend andere Bars auch: ein verzinkter Tresen, Flaschen, aufgereiht wie die Soldaten einer Geheimarmee, ein paar Tische, eine alte Juke-Box. Die Luft war angereichert mit dem Düftecocktail aus Zigarettenqualm, Kaffeedampf, Alkohol und Scheuermitteln, der sich im Gedächtnis festsetzte.

Am Tresen saß ein Mann, eine idiotische Mütze auf dem Kopf, und vor ihm standen, aufgestellt in Reih und Glied, elf Gläser, jedes mit einer anderen Flüssigkeit gefüllt. Antoine sah in ihm einen Fachmann. Unsicher legte er seinen Bücherstapel auf den Tresen. Der Mann würdigte ihn keines Blicks und leerte das erste Glas. Antoine erinnerte sich an die Photos in seinem Lexikon, schloß daraus auf die verschiedenen Alkoholsorten und zählte ihre Namen auf, wobei er mit dem Finger auf die Gläser deutete:

»Portwein, Gin, Rotwein, Calvados, Whisky, Cognac, helles Bier, Guinness, Bloody Mary und das da ganz zweifelsfrei Champagner. Der Rotwein ist möglicherweise ein Bordeaux, und Sie haben gerade einen Pastis getrunken.«

Der Mann mit der Mütze sah Antoine mißtrauisch an. Er musterte die harmlose Gestalt mit den zerzausten Haaren und lachte.

»Nicht schlecht«, räumte er ein. »Bist begabt, Junge.« Er leerte das Glas in einem Zug.

»Danke, Monsieur.«

»Bist du ein Physiognomiker des Alkohols? Das ist eine ganz eigene Wissenschaft, auch wenn ich nicht den geringsten Schimmer habe, wozu das gut sein soll. Eigentlich klebt ja immer ein Etikett auf der Flasche.«

»Nein«, sagte Antoine kopfschüttelnd und wandte sich diskret von dem alkoholgeschwängerten Atem des Mannes ab. »Ich lese Bücher über Alkohol, um etwas über die verschiedenen Herstellungsverfahren und die verwendeten Zutaten zu lernen ... Ich will alles über den Alkohol wissen.«

»Und was machst du dann mit deiner Weisheit?« fragte der Mann und lächelte, nachdem er das Glas mit Gin geleert hatte.

»Dann will ich Alkoholiker werden.«

Der Mann schloß die Augen und preßte das Glas in seiner Hand. Seine Knöchel wurden weiß, das Glas zersprang. Von draußen war der Lärm der Straße zu hören, Autos, lebhafte Unterhaltungen der Ladenbesitzer. Der Mann holt tief Luft und pfiff leise. Dann öffnete er die Augen und streckte Antoine seine Hand hin. Er lächelte wieder.

»Ich heiße Léonard.«

»Sehr erfreut. Äh, ich heiße Antoine.« Sie gaben sich die

Hand. Léonard beobachtete Antoine verdutzt und amüsiert, hielt dabei seine Hand weiter fest. Schließlich befreite sich Antoine.

»Du willst also Alkoholiker werden ... «, murmelte Léonard. »Vor zwanzig Jahren hätte ich geglaubt, du seist eine Halluzination. Aber seit einer Ewigkeit schon bietet mir der Alkohol nur noch die Realität als Fata Morgana an. Du willst also Alkoholiker werden, daher die ganzen Schmöker hier. Schon logisch.«

»Die Bücher hier, die sind ... Ich will nicht einfach nur so Alkoholiker werden. Das interessiert mich wirklich, all die verschiedenen Sorten Alkohol, die Schnäpse, Liköre, Weine, es gibt ja so viele! Ich habe herausgefunden, daß der Alkohol eng mit der Geschichte der Menschheit verknüpft ist und mehr Anhänger hat als das Christentum, der Buddhismus und der Islam zusammen. Ich lese gerade einen hinreißenden Aufsatz von Raymond Dumay darüber ...«

»Durch vieles Lesen wirst du nie zum Alkoholiker«, bemerkte Léonard gelassen. »Das ist eine Tätigkeit, die einen gewissen Einsatz verlangt, man muß ihr einige Stunden am Tag opfern. Es ist eine ... sagen wir mal ... olympische Disziplin. Ich glaube nicht, daß du das Zeug dazu hast, mein Junge.«

»Hören Sie, ich will ja nicht unbescheiden erscheinen, aber ... schließlich spreche ich aramäisch, habe gelernt, den Motor eines Jagdfliegers aus dem Ersten Weltkrieg zu reparieren, Honig einzusammeln, die Decken für den Hund meiner Nachbarin zu wechseln, und mit fünfzehn habe ich einen Monat Ferien bei meinem Onkel Joseph und seiner Frau Miranda verbracht. Also denke ich, daß ich es mit Ihrer Hilfe auch fertigbringe, Alkoholiker zu werden. Jedenfalls bin ich fest entschlossen.«

»Mit meiner Hilfe?« wunderte sich Léonard freundlich. Er sah in seine Champagnerschale – kleine Bläschen stiegen nach oben – und lachte.

»Ja. Ich bin in der Theorie beschlagen, aber ich habe keinerlei praktische Erfahrung. Sie dagegen, Sie sehen aus, als wüßten Sie, wie's geht.«

Antoine deutete auf die Gläser auf dem Tresen. Léonard kippte den Cognac hinunter und behielt ihn einen Moment im Mund. Seine Wangen färbten sich rot. Der Barbesitzer wischte den Tresen mit einem Tuch ab und nahm die leeren Gläser weg. Léonard zog die Augenbrauen zusammen.

»Wer sagt dir eigentlich, daß du die Fähigkeiten dafür besitzt? Glaubst du etwa, man wird einfach so zum Alkoholiker? Glaubst du, es genügt, entschlossen zu sein und ein paar Schlucke zu trinken? Ich kenne Leute, die haben ihr Leben mit Saufen verbracht und trotzdem ist es ihnen nie gelungen, Alkoholiker zu werden. Ihnen fehlte die Veranlagung. Und du, du glaubst ... du seist begabt? Du kommst ganz ruhig hereinspaziert und verkündest, Alkoholiker werden zu wollen, so, als ob man dir das schuldig wäre! Ich will dir was sagen, junger Mann: Es ist der Alkohol, der einen auswählt, es ist der Alkohol, der entscheidet, ob du in der Lage bist, ein Säufer zu werden.«

Antoine zuckte betrübt die Schultern: Er hatte nie geglaubt, daß es leicht werden würde, eben deshalb war er schließlich in dieses Bistrot gekommen, um einen Trainer zu finden. Léonard hatte mit der Heftigkeit reagiert, die typisch ist für alte Seebären, wenn ein unerfahrener, völlig naiver junger Mann daherkommt und erklärt, er wolle aufs Meer hinaus. Aber weil Antoine sich in seiner Kindheit in den kleinen Häfen der Bretagne herumgetrieben hatte, war das eine Reaktion, die er gut kannte und deshalb auch verstand: Handwerker sind stolz und wachen eifersüchtig über ihre Kunst.

»Diesen Eindruck wollte ich nicht erwecken, Monsieur Léonard. Ich bedaure meine Unerfahrenheit, ich weiß nicht, ob ich begabt bin. Ich bitte Sie nur, mich als Schüler anzunehmen. Sie können mich unterrichten.«

»Ich will's gerne versuchen, mein Junge«, antwortete Léonard geschmeichelt, »aber Garantien kann ich dir keine geben. Wenn du nicht das Zeug hast ... Schließlich kann nicht jeder Alkoholiker werden, ganz sicher nicht, das ist ein Auswahlverfahren. Ist zwar traurig, aber so ist das Leben. Also, sei mir nicht bös, wenn du am Quai zurückbleibst. Es gibt ja noch andere Schiffe, die du nehmen kannst.«

»Verstehe.«

Léonard war unentschlossen, ob er zuerst die Bloody Mary oder das Guinness trinken sollte. Doch dann entschied er sich für das Bier. Schaum verfing sich in seinen grauen Bartstoppeln, den er mit dem Ärmelaufschlag seiner dicken marineblauen Jacke abwischte.

»Also gut. Ich muß dir zunächst ein paar Fragen stellen.«

»Eine Zulassungsprüfung?«

»He, Junge, du verstehst, da gibt es ein paar Bedingungen für die Ausübung des Alkoholismus, das ist etwas Ernstes ...«

»Aber eine Genehmigung braucht man dafür auch nicht«, sagte Antoine mit einem Lächeln und hob die Schultern.

»Sollte man aber. Einige vertragen nämlich keinen Alkohol, sie verprügeln ihre Frauen und Kinder, fahren einfach drauf los und gehen sogar zur Wahl ... Der Staat sollte die Ausbildung der Alkoholiker übernehmen, damit sie ihre Grenzen kennenlernen, die Veränderungen in ihrer Wahrnehmung von Zeit und Raum und ihrer Persönlichkeit ... Bevor man ins Wasser springt, sollte man sicher sein, daß man schwimmen kann.«

»In meinem Fall«, bemerkte Antoine, »wollen Sie sich ja wohl eher davon überzeugen, ob ich nach unten sinken kann.«

»Genauso ist es, Junge. Ich will wissen, ob du das Rüstzeug besitzt, um überhaupt nach unten sinken zu können. Na, dann laß uns mal sehen. Erste Frage: Warum willst du Alkoholiker werden? Das ist von grundsätzlicher Bedeutung, damit ich deine Motivation kennenlerne.«

Antoine dachte nach und rieb sich die Stirn. Er besah sich die anderen Gäste in dem Bistrot und fand, daß sie wunderbar mit der Einrichtung harmonierten. Sie hatten eine gewisse Vertrautheit, denn obwohl sie einander nicht wirklich wahrnahmen, waren sie alle von der gleichen traurigen Beschaffenheit.

»Die Ursache des Alkoholismus sind die Häßlichkeit und die verwirrende Sterilität der Existenz.«

»Ist das ein Zitat?« fragte Léonard, nachdem er die Bloody Mary in einem Zug ausgetrunken hatte.

»Ja, von Malcolm Lowry.«

»Eine Frage, Junge: Wenn du Brot kaufst, zitierst du dann der Bäckersfrau aus Shakespeare? ›Buttercroissants oder Schokoladenbrötchen, das ist hier die Frage.‹ Mir wäre es lieber, wenn du selbst redest, du, und nicht irgend so ein verdammter Schriftsteller mit einem großen Namen. Wenn du meine Meinung hören willst, ist das mit den Zitaten eine verdammt einfache Sache, schließlich gibt es viele große Schriftsteller, die so viel Bedeutendes gesagt haben, daß man gar keine eigene Meinung mehr äußern muß.«

»Also gut, sagen wir, ich bin arm, ohne jede Zukunft ... Und vor allem denke ich zuviel, ich muß permanent analysieren und zu verstehen versuchen, wie dieser ganze Laden funktioniert. Es macht mich furchtbar traurig zu sehen, daß wir nicht frei sind und daß jeder freie Gedanke, jede freie Tat nur auf Kosten einer Verletzung möglich ist, die nicht verheilt.«

»Mensch, Kerlchen, du bist ja ein Dichter: Du willst sagen, daß du deprimiert bist ...«

»Das ist mein ganz natürlicher Zustand, ich leide seit fünfundzwanzig Jahren an einer Depression.«

Léonard schlug Antoine freundschaftlich auf die Schulter. Ein Gast kam herein und setzte sich an einen Tisch, an dem Karten gespielt wurden. Er bestellte Kaffee und ein Glas Calvados. Der Besitzer schaltete das Radio für die Neun-Uhr-Nachrichten ein.

»Aber du weißt, der Alkohol wird dich nicht heilen. Das darfst du nicht glauben. Er wird deine Leiden nur mildern, aber dafür fügt er dir andere zu, vielleicht schlimmere. Du wirst auf den Akohol nicht mehr verzichten können, und selbst, wenn du anfangs noch ein Hochgefühl erlebst, ein Glück, wenn du trinkst, wird das schnell verschwinden und überläßt dich allein der Tyrannei der Abhängigkeit und der Entbehrung. Dein Leben wird nur noch aus Nebel bestehen, aus Zuständen eines dämmerigen Bewußtseins, aus Halluzinationen, Verfolgungswahn, Säuferwahn, Gewalt gegen die, die in deiner Nähe sind. Deine Persönlichkeit wird zerstört ...«

»Genau das will ich!« rief Antoine und hämmerte mit seiner kleinen Faust auf den Tresen. »Ich habe nicht mehr die Kraft, ich selbst zu sein, nicht mehr den Mut, nicht mehr die Lust, so etwas wie eine Persönlichkeit zu haben. Persönlichkeit, das ist ein Luxus, der mir zu teuer ist. Ich will ein banales Gespenst werden. Ich bin es satt, Gedankenfreiheit zu haben, Wissen zu besitzen, mit meinem verdammten Bewußtsein herumzuspringen!«

Nachdem er das Glas Portwein getrunken hatte, verzog Léonard sein Gesicht. So verharrte er, sinnierend, mit erhobenem Glas und betrachtete sich im Spiegel hinter dem Tresen, der durch die Flaschen teilweise verdeckt war. So, wie er die Gläser leerte, breitete er sich etwas mehr auf dem Tresen aus, seine Augen verengten sich und gleichzeitig wurden seine Bewegungen weniger zittrig, großzügiger und fließender. Als letzte »Prüfungsfrage« forderte er Antoine auf zu erraten, warum er elf Gläser mit verschiedenen Alkoholsorten auf dem Tresen aufgereiht hatte.

»Um keine Eifersucht aufkommen zu lassen?« antwortete Antoine prompt.

»Um keine Eifersucht aufkommen zu lassen ...«, brabbelte Léonard lächelnd, wobei er leicht an ein Glas auf dem Tresen klopfte. »Kannst du wohl ein bißchen genauer sein?«

»Vielleicht wollen Sie damit der Gleichheit Ehre erweisen, der Gleichheit all dieser verschiedenen alkoholischen Getränke. Sie sind kein Liebhaber von Bier oder von schottischem Whisky, nichts von diesem intoleranten Fanatismus: Sie lieben den Alkohol in all seinen Deklinationen. Sie sind verliebt in den Alkohol in seiner ganzen Herrlichkeit.«

»So habe ich das noch nie betrachtet, aber ... ja, damit bin ich einverstanden. Antoine, Antoine ... Ich glaube, du besitzt die Fähigkeiten, die Natur in ihrer großen Barmherzigkeit hat dir vielleicht diese Gabe geschenkt. Aber ich muß dich über alle Scherereien in Kenntnis setzen, auf die du Anspruch hast. Du wirst oft kotzen, dein Magen wird zugeschnürt und übersäuert sein, du wirst Migränen jeglicher Art haben, in den Augen, im Gehirn, du wirst Schmerzen im Nacken, in den Muskeln und in den Knochen haben, du wirst oft Durchfall haben, Magengeschwüre, Sehstörungen, Hitzewallungen, Angstzustände. Das alles fordert der Alkohol für ein bißchen Wärme und Behaglichkeit, das mußt du ganz klar wissen.«

Zwei weitere Gäste kamen herein. Sie gaben dem Besitzer die Hand, begrüßten Léonard und setzten sich an einen Tisch hinten im Café. Sie steckten ihre Pfeifen an, tranken Bier und teilten sich die Seiten von Le Monde. Antoine blickte Léonard mit großen Augen an. Wie immer war er ganz ruhig und sich seiner Entscheidung sehr sicher. Mit einer Hand fuhr er sich durchs wirre Haar.

»Das ist es, was ich will, ich will andere Qualen, wirkliche Leiden, körperliche Zeichen eines ganz bestimmten Verhaltens. Die Quelle meiner Leiden soll der Alkohol sein, nicht die Wahrheit, sondern der Alkohol. Lieber eine Krankheit, die sich auf eine Flasche beschränkt, als eine erdentrückte, übermächtige Krankheit, der ich nicht einmal einen Namen geben kann. Ich werde die Ursache für meine Schmerzen sein. Der Alkohol wird mein ganzes Denken beherrschen, er wird jede Sekunde meines Lebens wie ein kleines Glas auffüllen ...«

»Einverstanden, ich nehme an«, sagte Léonard, nachdem er sich über die Bartstoppeln gefahren war. »Ich will gerne dein Lehrer für Alkoholismus werden. Ich werde streng sein, ich werde dich schuften lassen. Das werden lange Lehrjahre sein, fast eine Askese.«

»Danke, aufrichtigen Dank«, sagte Antoine ruhig und drückte die trockene, rauhe Hand des Alkoholikers.

Léonard hob den Arm und schnippte mit den Fingern, um den Wirt herbeizurufen, der am andere Ende des Tresens, neben der Kasse, den Parisien las.

»Roger, ein Bier vom Faß für den Jungen hier!« Der Wirt stellte Antoine das Bier hin. »Danke. Wir werden ganz sachte beginnen. Dieses Bier hier hat fünf Prozent, es fließt von ganz alleine hinunter, du mußt deinen Gaumen daran gewöhnen und deine jungfräuliche Leber damit vertraut machen. Man wird nicht zum Alkoholiker, wenn man sich jeden Samstag Abend einmal vollaufen läßt. Hier ist Beständigkeit und Ausdauer gefragt. Trinken, trinken, immer wieder trinken, nicht unbedingt hartes Zeug, sondern ernsthaft und mit Hingabe. Die meisten werden Alkoholiker ohne eine feste Methode, die trinken Whisky, Wodka in großen Mengen, sie werden ganz krank und dann trinken sie wieder. Wenn du meine Meinung wissen willst, Antoine, dann sind das Idioten. Idioten und Amateure! Man kann sehr wohl auf intelligentere Art Alkoholiker werden, durch sachkundige Dosierung von Mengen und alkoholischen Prozenten.«

Antoine betrachtete das große Glas Bier mit dem weißen Schaum. Durch dieses Prisma war alles golden. Léonard nahm seine Mütze ab und stülpte sie Antoine über die Haare.

»Also los, mein Junge, nur keine Angst, schließlich wirst du nicht in dem Glas da absaufen.«

»Muß ich alles in einem Zug austrinken«, fragte Antoine fast verzagt, »oder besser in kleinen Schlucken?«

»Das mußt du selbst sehen. Wenn du den Geschmack

magst und nicht gleich besoffen werden willst, dann trink in kleinen Schlucken, koste von diesem Hopfennektar. Anderenfalls, wenn du den Geschmack abscheulich findest, dann leer alles in einem Zug.«

Nachdem Antoine das Getränk beschnuppert und sich Schaum auf die Nase getupft hatte, begann er zu trinken. Er verzog zwar sein Gesicht, trank aber tapfer weiter.

Fünf Minuten später hielt ein Krankenwagen quietschend auf dem Bürgersteig vor dem Capitaine Éléphant. Zwei Krankenpfleger stürzten mit einer Bahre in das Bistrot und trugen den in einem Alkoholkoma liegenden Antoine fort. Sein Glas Bier auf dem Tresen war noch halb voll.

Aufgrund einer physiologischen Überempfindlichkeit konnte Antoine dann nicht Alkoholiker werden. Ersatzweise entschloß er sich, Selbstmord zu begehen. Alkoholiker zu werden war sein höchster Ehrgeiz, um sich in die Gesellschaft zu integrieren; im Tod erblickte er das äußerste Mittel, um der Welt teilhaftig zu werden. Ihm bekannte Persönlichkeiten hatten ja auch den Mut gehabt, den Augenblick ihres Todes selbst zu bestimmen: Hemingway, die verehrte Virginia Woolf, der geschätzte Seneca, Debord, Cato Uticensis, Sylvia Plath, Demosthenes, Kleopatra, Lafargue ...

Das Leben ist nie enden wollendes Leid. Er fand keine Freude mehr daran zu sehen, wie der Tag anbrach, jeder Augenblick war ihm vergällt und verdarb ihm den Geschmack an allem, was noch angenehm hätte sein können. Und weil er nie wirklich den Eindruck gehabt hatte zu leben, hatte er auch keine Angst vor dem Tod. Er war sogar glücklich, im Tod den einzigen Beweis für seine Existenz zu finden. Das unglaublich widerliche Essen, das man ihm seit seiner Einlieferung ins Hospital vorsetzte, brachte ihn zu der Überzeugung, daß er seine Erdentage unbedingt beenden müsse.

Antoine war in die Notaufnahme des Hospitals La Pitié-Salpêtrière eingeliefert worden, trotz der plastifizierten Karte in seiner Geldbörse, die darüber informierte, daß er im Fall eines Hirntods seine Organe spenden und lieber auf dem Bürgersteig sein Leben aushauchen wolle als in der Pitié wieder ins Leben zurückgepflegt zu werden. Der Grund dafür, daß er sich gerade in diesem Hospital nicht wiederfinden wollte, war, daß er dort Gefahr lief, auf seinen Onkel Joseph und seine Tante Miranda zu stoßen. Antoine war zwar gutmütig, doch diese beiden konnte er nicht ausstehen, das konnte übrigens niemand. Nicht etwa, weil sie gefährlich gewesen wären, das nicht, nur hörten sie nie auf sich zu beschweren, zu schreien und furchtbar viel Wesens um die kleinste Kleinigkeit zu machen. Von charmanten Buddhisten waren sie in die Ränge einer paramilitärischen Miliz aufgestiegen, weil sie zu häufig Umgang mit diesen gepflegt hatten. Auf jeder ihrer Auslandsreisen lösten sie diplomatische Zwischenfälle aus. So kam es, daß ihnen der Aufenthalt in einigen Ländern untersagt wurde: in Israel, in der Schweiz, in den Niederlanden, in Japan, in den Vereinigten Staaten. Die IRA, die ETA und die Hisbollah hatten Kommuniqués veröffentlicht, in denen sie drohten, das Paar zu erschießen, wenn es noch einmal seinen Fuß auf ihr Gebiet setze. Die öffentlichen Stellen der betroffenen Länder taten und sagten nichts, was auch nur die Vermutung hätte aufkommen lassen, daß sie mit diesen Einschränkungen nicht einverstanden waren. Möglicherweise wird die Armee eines Tages das Vernichtungspotential dieses Paares einzusetzen wagen, wenn sich Atombomben als unwirksam herausgestellt haben. Onkel Joseph und Tante Miranda lebten seit Jahren im Hospital. Sie wechselten Abteilungen und Etagen ganz nach Belieben, ebenso Operationen und eingebildete oder wirkliche Krankheiten, ganz nach ihrer hypochondrischen Laune. Sie durchwanderten sämtliche Abteilungen, wechselten von der Urologie zur Allergologie, sie versuchten auch die Angiologie, die Gastro-Enterologie, die Hals-, Nasen- und Ohren-Station, die Stomatologie, die Dermatologie, die Diabetologie ... Auf diese Weise reisten sie durch die Hospitäler der Hauptstadt wie durch exotische Gegenden, mieden aber stets die beiden Abteilungen, in denen etwas für sie und für den Rest der Welt hätte getan werden können: die Psychiatrie und die Gerichtsmedizin.

Erfolglos bemühte sich Antoine darum, die Krankenpfleger zu überzeugen, seinen Namen aus dem Aufnahmeregister des Hospitals zu streichen, um nur ja nicht den Besuch seines Onkels und seiner Tante zu bekommen. Als er allmählich aus seinem Koma erwachte und schließlich, mit einem Löffel in einer kleinen Schale verklumpten rosigen Apfelkompotts, aufrecht in seinem Krankenhausbett saß, faßte er den Entschluß, sich das Leben zu nehmen.

Seine Freunde – Ganja, Charlotte, Aslee und Rodolphe – kamen ihn besuchen. Ganja, ein früherer Kommilitone in der Fakultät für Biologie, der entspannteste, lockerste Mensch von der Welt, die Güte selbst, hatte die Angewohnheit, Antoine zu trösten, indem er einen Tee aus unglaublichen Heilkräutern aufbrühte, der ihre Abende mit einer Bombenstimmung begleitete. Sie spielten mehrmals in der Woche Schach miteinander, oben, im Observatorium der Sorbonne, und streiften in angeregter Zwiesprache durch die Straßen. Antoine hatte nicht die geringste Vorstellung davon, was Ganja beruflich machte, und Ganja tat in dieser Frage sehr geheimnisvoll, hatte aber immer genügend Geld und übernahm deshalb oft die Rechnungen. Charlotte war Antoines frühere Nachbarin. Sie arbeitete als Übersetzerin in einem Verlag. Ihr großer Traum war es, ein Kind zu haben, aber weil sie lesbisch war, hatte sie keinerlei Neigung, auf natürliche Weise dazu zu kommen. Daher ließ sie sich, dank der Komplizenschaft ihrer Freundin, einer Ärztin, regelmäßig künstlich befruchten. Um ihre Chancen zu erhöhen, begleitete Antoine sie nach jeder künstlichen Befruchtung auf die Foire du Trône oder sonst irgendeinen Jahrmarkt, wo sie sich ganze Nachmittage lang im Riesenrad drehten. Das war zwar keine sehr wissenschaftliche Technik, doch Charlotte dachte sich, daß die Zentrifugalkraft dieser Maschinen widerborstige Spermatozoen an die richtige Stelle schaukeln würde. Rodolphe, ein Fakultätskollege, war der unverzichtbare Widerspruchsgeist. Er war zwei Jahre älter als Antoine und leitete einen Philosophiekursus mit dem Titel »Kant oder das Reich des absoluten Denkens«. Rodolphe war das perfekte Produkt des französischen Erziehungs- und Bildungssystems, er konnte damit rechnen, innerhalb der nächsten zwei Jahre eine Stelle als außerordentlicher Professor zu bekommen, dann in sieben Jahren an einen ordentlichen Lehrstuhl zu wechseln und nach weiteren sechzig Jahren völlig vergessen zu sterben und ein Werk zu hinterlassen, das allenfalls noch Generationen von Termiten beeinflussen würde. Was sie miteinander verband, war die Tatsache, daß sie über nichts einer Meinung waren. Bei ihrer letzten Auseinandersetzung über das Denken behauptete Rodolphe als echter Philosoph ganz rundheraus, er könne den reinen Akt des Denkens allein durch das Wirken seines allmächtigen Willens und seiner vollkommenen Willensfreiheit in Gang setzen. Antoine machte sich darüber lustig und erinnerte ihn an die Kontingenzen und die vielfältigen Determinismen, die auf dem Wesen Mensch lasteten. Doch Rodolphe schien sich nicht der Meinung anschließen zu können, daß ein Philosophieprofessor vom selben Regen begossen wird wie ein gemeiner Sterblicher. Zusammenfassend läßt sich sagen: Antoine war der Zweifel, Rodolphe die Gewißheit, und man kann behaupten, daß jeder der beiden in seiner Haltung auf seine Weise übertrieb. Und dann war da noch Aslee: Er war Antoines bester Freund, aber darauf kommen wir später zurück.

Bei ihrem ersten Besuch im Krankenhaus brachte Ganja Kräutertee mit, Charlotte Blumen, Aslee eine anderthalb Meter hohe Zwergpalme in einem Topf und Rodolphe das Bedauern, daß Antoine nicht an ein künstliches Beatmungsgerät angeschlossen war, dessen Stecker er hätte herausziehen können.

Die Besorgnis seiner Freunde änderte nichts an Antoines stillem Entschluß: Er hatte sich endlich einmal in seinem Leben dafür entschieden, egoistisch zu sein und nicht mehr zu leben, einfach nur, um seine Freunde nicht mehr traurig zu machen.

Als Zimmernachbarn hatte Antoine zwar ein menschliches Wesen, soviel war sicher, aber mehr als das hätte er nicht sagen können. Er wußte nicht, ob dieses Wesen eine Frau oder ein Mann war, er hatte nicht einmal eine Vorstellung von dem

Alter dieser Person, und zwar aus dem einfachen Grund, daß sie wie eine ägyptische Mumie in Binden eingewickelt war. Doch diese weiße Form verbarg keineswegs die sterbliche Hülle eines Pharaos, denn sie artikulierte sich mit weiblicher Stimme und ohne die Spur eines Akzents aus dem Tal der Könige:

»Beunruhigen Sie sich nicht, ich werde schon damit fertig. Auch dieses Mal werde ich damit fertig.«

»Wie bitte?« fragte Antoine und richtete sich in seinem Bett auf.

»Warum sind Sie hier?«

»Alkoholkoma.«

»Oh, das hab' ich auch schon ausprobiert«, versicherte die Frau heiter. »Nicht schlecht. Was haben Sie getrunken? Wodka? Whisky?«

»Bier.«

»Wieviel Liter?«

»Ein halbes Glas.«

»Ein halbes Glas? Dann haben Sie auf diesem Gebiet einen Rekord aufgestellt. Aber Alkoholkoma, das ist ein Klassiker.«

»Das war gar nicht meine Absicht, eigentlich wollte ich Alkoholiker werden, aber das ist schiefgegangen. Jetzt, glaube ich, ist der Selbstmord die geeignetere Lösung. Da habe ich noch alle Chancen.«

»Glauben Sie das nur ja nicht! Nichts ist schwieriger, als sich umzubringen. Da ist es viel leichter, sein Abitur zu machen, ein Auswahlverfahren als Polizeiinspektor oder eine Prüfung als Lehramtsanwärter zu überstehen, als sich das Leben zu nehmen. Die Erfolgsquote liegt bei unter acht Prozent.«

Antoine saß auf dem Rand seines Bettes. Die fahle Sonne drang durch die Jalousie und zeichnete ihr Licht auf die krankenfarbenen Wände des Zimmers. Seine Freunde waren ein paar Stunden vorher da gewesen, doch niemand war je gekommen, um nach der Frau zu sehen.

»Sie haben einen Selbstmord hinter sich?« fragte Antoine.

»Wie Sie sehen können«, antwortete sie mit spöttischem Unterton, »ist er mißlungen.«

»Das ist nicht Ihr erster Versuch?«

»Ich zähle die Versuche schon gar nicht mehr, das würde mich nur deprimieren. Und doch habe ich schon alles versucht. Aber jedesmal kam irgend etwas oder irgendwer meinem Tod in die Quere. Als ich versucht habe, mich zu ertränken, hat mich irgend so ein mutiger Trottel gerettet. Er dagegen ist übrigens ein paar Tage später an einer Lungenentzündung gestorben. Schrecklich, nicht? Als ich mich erhängt habe, lockerte sich der Strick. Als ich mir eine Kugel in die Schläfe schoß, ist sie quer durch meinen Kopf gejagt, hat aber das Gehirn nicht einmal berührt und keinerlei ernsten Schaden angerichtet. Ich habe zwei Schachteln Schlaftabletten geschluckt, aber das Laboratorium hatte sich in den Dosierungen vertan, weshalb ich lediglich in den Genuß einer dreitägigen Siesta kam. Vor drei Monaten habe ich sogar einen bezahlten Killer engagiert, um mich niederzustrecken, doch dieser Tölpel hat sich geirrt und meine Nachbarin umgebracht! Ich habe wirklich kein Glück. Zuerst wollte ich mir aus Hoffnungslosigkeit das Leben nehmen, und jetzt besteht der Hauptgrund meiner Hoffnungslosigkeit darin, daß es mir nicht gelingt, mir das Leben zu nehmen.«

Zwischen den Mullverbänden waren nur ihre grünen Augen sichtbar, die zwei auf einer weißleinenen Schmucktafel liegenden Smaragden glichen. Antoine suchte nach einer Spur von Traurigkeit in ihnen, doch er sah nur Ärger.

»Wollen Sie wissen, warum ich in diesem Zustand bin?« fragte sie und wandte ihre Augen Antoine zu. »Sie sollten nicht so verlegen sein, es ist doch normal, daß man sich die Frage stellt, wieso ich so verpackt bin. Ich habe mich von der dritten Plattform des Eiffelturms gestürzt. Das hätte doch wirklich ausreichen sollen, oder? Aber ausgerechnet in diesem

Augenblick mußten sich deutsche Touristen in Shorts am Fuß des Turms für ein Erinnerungsphoto versammeln.«

»Sie sind auf deutsche Touristen gestürzt?«

»Ich habe sie zermalmt, ja. Sie haben meinen Aufprall verhindert. Ich bin sogar wieder hochgeschnellt. Mehrmals. Ergebnis: fast alle Knochen meines Körpers sind gebrochen, aber nach Ansicht dieses Trottels von Arzt werde ich in sechs Monaten wieder auf den Beinen sein und topfit.«

Die Stille breitete ihre großen, grazilen Schmetterlingsflügel im Zimmer aus. Die Sonne war verschwunden und hatte dem Regen und dem grauen Himmel Platz gemacht. Das war ein Juli, der die Partitur des Monats März herunterspielte.

»Vielleicht täten Sie besser daran, mit Ihren Selbstmordversuchen aufzuhören, das wird sonst noch böse enden. Versuchen Sie doch ... ich weiß nicht ... Leute zu treffen, ein Album der Clash zu hören, sich zu verlieben ...«

»Sie verstehen gar nichts!« empörte sie sich. »Es ist ja gerade aus Liebe, daß ich mir das Leben nehmen will, und wenn ich mich dann wieder verliebe und die Sache wieder nicht gutgeht, wünsche ich mir doch zweimal, tot zu sein. Außerdem ist der Selbstmord meine Berufung. Seit frühester Kindheit ist er meine Leidenschaft. Wie soll das denn aussehen, wenn ich mit neunzig Jahren eines natürlichen Todes sterbe?«

»Ich kann's nicht sagen, Madame, ich kann's nicht sagen.«

»Aber dazu wird es nicht kommen, dieser Demütigung setze ich mich nicht aus. Ich esse einfach alles, lauter frittiertes Zeug, tonnenweise Fleisch, ich trinke viel zu viel, ich rauche zwei Päckchen Zigaretten am Tag ... Glauben Sie, das hilft, um sich umzubringen?«

»Ja«, sagte Antoine ermutigend. »Was zählt, ist die Absicht, derentwegen Sie das alles machen. Aber gleichzeitig glaube ich nicht, daß, wenn Sie an Lungenkrebs sterben, das als Selbstmord in die Statistiken aufgenommen wird, auch wenn das Ihr erklärtes Ziel war.«

»Keine Sorge, der nächste Versuch wird nicht mehr schiefgehen.«

Dann erzählte ihm die Frau, daß sie am Schwarzen Vereinsbrett des Rathauses im XVIII. Arrondissement unter den Yoga- und Töpferkursen auch einen Kursus für Selbstmörder angekündigt gesehen hatte. Antoine, der keinerlei Erfahrung auf diesem Gebiet hatte und kostbare Todesjahre nicht durch ergebnislose Selbstmordversuche verlieren wollte, hörte seiner Zimmernachbarin aufmerksam zu. Sie setzte ihm ihren Plan auseinander:

Sobald sie wiederhergestellt sein würde, wollte sie sich für diesen Kursus anmelden und gewissenhaft lernen, wie man sich auf die richtige Weise das Leben nimmt. Sie diktierte Antoine die Telefonnummer für diesen Kursus.

Plötzlich flog die Türe auf und zwei tasmanische Teufel tauchten in einem Wirbel lauter Ausrufe und wilder Gestiken auf: Onkel Joseph und Tante Miranda stürzten sich auf den armen Antoine. Sie fragten ihn nach den neuesten Neuigkeiten, auch aus seiner Familie, kamen aber schon sehr bald auf ihre Besorgnisse zurück, was heißt, auf ihre vermeintlichen Krankheiten. Onkel Joseph erzählte Antoine wie auch dessen Zimmernachbarin – die nun wohl mehr denn je die Existenz der deutschen Touristen bedauerte –, daß er gerade eine Milzoperation hinter sich habe und sicher sei, daß der Chirurg seine Milz durch die eines anderen ersetzt habe. Er bestand darauf, daß Antoine seinen Bauch befühlte.

»Fühlst du die Milz, Antoine?« flüsterte er durch die zusammengebissenen Zähne. »Da, da, fühlst du sie? Das ist doch nicht meine Milz, das kann man doch mit mir nicht machen, das ist nicht meine Milz!«

»Aber wozu hätte man denn deine Milz austauschen sollen, Onkel Joseph?«

»Wozu?« rief sein Onkel. »Wozu? Sag du's ihm, Miranda, ich kann es nicht. Sag du's ihm, Miranda!«

»Wozu?« schloß Tante Miranda gleich ihre Frage an. »Illegaler Organhandel!«

»Nicht so laut!« schrie Onkel Joseph. »Nicht so laut, die können uns doch hören, und Gott weiß, was sie dann mit uns machen. Die sind doch zu allem fähig, zu allem. Leute, die die Milz auswechseln, sind zu allem imstande!«,

»Wir meinen, daß ein Komplott dahintersteckt«, flüsterte Tante Miranda leise und faßte Antoine beim Arm, »wir haben ein ganzes Bündel von Indizien und Vermutungen über einen illegalen Organhandel innerhalb dieses Hospitals zusammengetragen.«

»Warum glaubt ihr das?« fragte Antoine.

»Die Milz!« rief Onkel Joseph laut. »Meine Milz! Ist das etwa kein Beweis? Sie haben mir meine schöne Milz herausgenommen und wollen sie sündhaft teuer verkaufen, und dafür haben sie mir eine alte, verschrumpelte, butterweiche Milz eingesetzt ...«

»Wir haben Zeichen beobachtet«, behauptete Tante Miranda, »Augenzwinkern zwischen Pflegern und Ärzten, was ja viel über die Verschwörung aussagt.«

Und seitdem wanderten Onkel Joseph und Tante Miranda von Zimmer zu Zimmer, um die Bäuche der Patienten abzutasten. Schließlich verließen sie Antoine und machten sich wie zwei täppische Detektive weiter auf die Suche nach Beweisen für diesen Handel.

Glücklich über die wiedergewonnene Stille seines Zimmers, wandte sich Antoine erneut der Selbstmörderin zu. Doch ihre Augen waren geschlossen. Ein Arzt trat ein und sagte im Tonfall eines Automechanikers, daß Antoine das Hospital verlassen könne.

Ein paar Tage vergingen, bevor Antoine sich entschloß, einen Blick auf den Zettel mit der Telefonnummer des Selbstmordkurses zu werfen. Endlich schien die Sonne über Paris.

Die Auspüffe verströmten ihren Qualm wie Pollen einer neuen Ära, die die Lungen der Pariser und der Touristen mit der künftigen Flora einer kranken Zivilisation besamten. Die Agonie der Vegetation, der Bäume und Pflanzen, die sich so still und unsichtbar vor den Augen derer vollzieht, die nur das sehen, was sich bewegt, wurde zur allgemeinen Lebensnorm. Die Autos erfanden weiter den neuen Menschen, der keine Beine mehr haben würde, um durch seine geteerten Träume zu spazieren, sondern Räder.

Antoine hatte kein Telefon, und daher begab er sich zur Telefonzelle an der Straßenecke. Die Telefonzelle lag vis-à-vis von einer Bäckerei. Ein Duft von Brioche vertrieb die weniger angenehmen Gerüche des Viertels. Antoine mußte warten, bis die Telefonzelle frei wurde.

»S.F.A.M.A.M., Selbstmord für alle und mit allen Mitteln, bonjour!« meldete sich singend eine Frauenstimme.

»Bonjour, äh, ich habe Ihre Nummer von einer Freundin bekommen und wäre an Ihren Kursen interessiert.«

Ein Clochard hatte sich an das Belüftungsgitter der Bäckerei gestellt. Er wickelte ein Stück trockenen Brots aus einer Socke und biß hinein, wober er zugleich den süßen gezuckerten Duft von Hefegebäck einsog, der sich in seinem Mund mit dem nach Karton schmeckenden Brot vermengte.

»In diesem Fall, Monsieur, empfehle ich Ihnen, direkt zu uns zu kommen. In dieser Woche finden keine Kurse statt, wegen der wunderbaren Erhängung von Professeur Edmond, aber von Montag an wird Madame la professeur Astanavis die Kurse weiterführen. Ich gebe Ihnen den Stundenplan durch. Haben Sie etwas zum Schreiben?«

»Warten Sie, warten Sie ... Ja, ich höre.«

»Von Montag bis Freitag, achtzehn bis zwanzig Uhr, Place Clichy 7. Sie brauchen nur auf den Knopf der Sprechanlage zu drücken, es ist im Erdgeschoß. Das ist ausgeschildert.«

Am folgenden Montag fand sich Antoine vor dem Gebäude an der Place Clichy wieder. Unter den Schildern von Ärzten, Theaterkursen, einer Abteilung der Anonymen Alkoholiker, einer Pfadfindergruppe, einer politischen Partei fand er ein Kupferschild, auf dem zu lesen war: »S.F.A.M.A.M. Verein, gegründet 1742«. Antoine drückte auf den Knopf, der die schwere Haustüre öffnete. Er folgte den Schildern und trat, nachdem er einen Flur hinuntergegangen war, durch eine Doppeltür in einen langgestreckten, durch hohe Fenster erhellten Raum.

An die dreißig Personen waren bereits dort. Einige von ihnen saßen, sie lasen oder warteten, die meisten diskutierten in kleinen, verstreut herumstehenden Gruppen. Ein Streichquartett spielte Musik von Schubert. Eine große Frau in schwarzem Smoking schien die Leiterin zu sein. Sie empfing Antoine mit ausgesuchter Freundlichkeit und stellte sich als Professeur Astanavis vor. Die Teilnehmer waren junge und alte Menschen aller gesellschaftlichen Schichten und jeglichen Stils. Sie wirkten entspannt, kramten in ihren Beuteln, diskutierten, tauschten Papiere aus. Nach und nach nahmen sie Platz. Die meisten hatten einen Notizblock oder ein Heft. Sie warteten, daß der Kurs beginnen würde, hielten ihre Kugelschreiber bereit, flüsterten leise und unterdrückten Gelächter.

In dem Raum standen zehn Reihen mit jeweils fünfzehn Stühlen. Vorne befand sich auf einem Podium ein Pult, an das sich Madame la professeur Astanavis stellte. Jetzt saßen alle Schüler. An den vier Wänden des Raums hingen die Portraits oder Photos berühmter Selbstmörder: Gérard de Nerval, Marilyn Monroe, Gilles Deleuze, Stefan Zweig, Mishima, Henri Roorda, Ian Curtis, Romain Gary, Hemingway und Dalida.

Die Anwesenden machten ziemlichen Lärm, sie redeten und lachten wie vor irgendeinem Lehrgang oder Vortrag. Antoine setzte sich in eine mittlere Stuhlreihe, zwischen einen eleganten Herrn mit verschlossenem Gesicht und zwei junge, freundlich lächelnde Frauen. Madame Astanavis räusperte sich. Es wurde still.

»Mesdames, Mesdemoiselles, Messieurs, zunächst erlauben Sie mir bitte, Ihnen, auch wenn einige von Ihnen es bereits wissen, den erfolgreichen Selbstmord von Professeur Edmond mitzuteilen. Er hat's geschafft!«

Madame la professeur nahm eine Fernbedienung und richtete sie auf die mit einer weißen Tafel behängte Wand. Das Bild eines in einem Hotelzimmer Erhängten erschien. Außerdem hatte er sich die Pulsadern aufgeschnitten, und das Blut hatte auf dem beigefarbenen Teppichboden zwei große Blutlachen gebildet. Als das Photo aufgenommen wurde, mußte der Körper wohl ein wenig hin und her geschwungen haben, denn sein Gesicht war unscharf. Um Antoine herum applaudierten die Zuschauer und kommentierten anerkennend diesen so außerordentlich geglückten Selbstmord.

»Er hat's geschafft! Und wie Sie sehen können, hat er sich, damit nur ja nichts schiefgeht, sicherheitshalber, für den Fall, daß der Strick sich gelockert hätte, die Pulsadern aufgeschnitten. Meiner Meinung nach hat das noch einen Applaus verdient!«

Wieder klatschten die Schüler, standen auf, schrien, pfiffen. Antoine blieb sitzen und beobachtete verwundert diese jubelnde Veranstaltung, die den Tod eines Menschen feierte.

»Wir haben heute abend einen neuen Freund bei uns«, sagte Madame la professeur und deutete auf Antoine. »Ich werde ihn bitten sich vorzustellen.«

Alle drehten sich nach Antoine um. Er, ein bißchen verschreckt von der Vorstellung, öffentlich das Wort zu ergreifen, erhob sich unter den aufmerksamen Blicken und den stillen Ermutigungen der Anwesenden.

»Ich heiße Antoine, ich ... ich bin fünfundzwanzig Jahre alt.«

»Bonjour, Antoine!« antworteten die Teilnehmer im Chor.

»Antoine«, sagte jetzt Madame Astanavis, »kannst du uns sagen, warum du hier bist?«

»Mein Leben ist ein einziges Desaster«, erklärte Antoine, der immer noch stand und nervös die Hände bewegte. »Aber das ist nicht das Schlimmste. Das eigentliche Problem besteht darin, daß mir das vollkommen bewußt ist ...«

»Und du hast dich entschieden, dir das Leben zu nehmen«, hauchte Madame Astanavis und stützte ihre Hände auf das Pult, »um in das friedliche Nichts einzugehen.«

»Im Grunde bin ich so wenig für das Leben geschaffen, daß ich mich möglicherweise erst im Tod verwirkliche. Ich habe ganz fraglos mehr Fähigkeiten zum Sterben als zum Leben.«

»Ich bin sicher, Antoine«, sagte Madame la professeur zustimmend, »daß du einen ganz wunderbaren Toten abgeben wirst. Und genau deshalb bin ich ja hier: Um dir, um Ihnen allen beizubringen, mit dem Leben Schluß zu machen, das uns so wenig gibt und so viel von uns nimmt. Meine Theorie ... Meine Theorie lautet: Es ist besser zu sterben, solange uns das Leben noch nicht alles genommen hat. Wir müssen die Munition, die Energie für den Tod aufbewahren, damit wir nicht völlig leer dort ankommen, wie etwa die verbitterten, unglücklichen alten Menschen. Es interessiert mich wenig, ob Sie gläubig sind oder Atheisten, Agnostiker oder Diabetiker, das ist nicht mein Bier. Ich denke mir bestimmte Dinge und darüber werde ich mit Ihnen sprechen, aber ich bin nicht hier, um Sie vom Sterben zu überzeugen oder davon, was das Leben oder der Tod sein können. Es ist Ihre eigene Erfahrung, es sind Ihre eigenen Gründe, es ist Ihre eigene Wahl. Unser gemeinsamer Standpunkt ist der, daß das Leben uns nicht befriedigt und wir deshalb mit ihm Schluß machen wollen. Das ist alles. Ich werde Ihnen beibringen, wie Sie sich erfolgreich das Leben nehmen, und zwar auf schöne, auf originelle Art, damit Sie nichts verpatzen. Mein Unterricht beschäftigt sich mit der Art, sich den Tod zu geben, nicht mit den Gründen. Wir sind keine Kirche und keine Sekte. Jeder von Ihnen kann jederzeit weinen, den Kurs verlassen, schreien: Zu all dem haben Sie jedes Recht. Sie können sich auch in Ihren Nachbarn verlieben und wieder Geschmack am Leben finden ... Wieso auch nicht, das gibt Ihnen doch noch einmal Zeit, auch wenn Sie damit das Risiko eingehen, daß wir uns in sechs Monaten hier wiedersehen. Falls ich dann unglücklicherweise noch da sein sollte.«

Einige Anwesende in Antoines Nähe lachten. Madame Astanavis sprach ruhig, nicht wie ein politischer oder religiöser Tribun, sondern leicht wie ein Professor für Literatur vor aufmerksamen Hörern in einem Hörsaal. Mit den Händen in ihrem Smokingjackett, war sie von einer derart nüchternen Brillanz, daß sie keiner übertriebenen szenischen oder rhetorischen Effekthascherei bedurfte, um eine künstliche Emphase zu erzeugen.

»Es gibt gegenüber dem Selbstmord eine Zensur. Eine politische, religiöse, soziale, ja sogar eine natürliche, denn die Natur, diese hohe Dame, mag es gar nicht, wenn man sich ihr gegenüber Freiheiten herausnimmt, sie will uns bis zum Ende an der Leine halten, sie will für uns entscheiden. Wer entscheidet denn über den Tod des Menschen? Wir haben diese höchste Freiheit an Krankheiten, an Unfälle, an Verbrechen delegiert. Man nennt das Zufall. Aber das ist falsch. Dieser Zufall ist der subtile Wille der Gesellschaft, die uns peu à peu mit Umweltverschmutzung vergiftet, uns durch Kriege und Unfälle massakriert ... Die Gesellschaft entscheidet auch über das Datum unseres Todes durch die Qualität unserer Nahrung, die Gefahren unserer täglichen Umwelt und auch durch die Arbeits- und Lebensbedingungen, denen wir unterliegen. Wir entscheiden nicht, ob wir ins Leben treten wollen, wir wählen nicht unsere Sprache aus, auch nicht unser Land, unsere Epoche, unsere Neigungen, wir wählen nicht unser Leben aus. Die einzige Freiheit ist der Tod. Frei sein heißt sterben.«

Madame la professeur trank einen Schluck Wasser. Sie stützte ihre Arme auf dem Pult ab und sah alle Teilnehmer im Saal aufmerksam an, wiegte komplizenhaft den Kopf, als ob eine verständnisvolle Intimität sie miteinander verbände.

»Aber das alles ist leeres Gerede. Man kommt allerdings, wenn man darüber nachdenkt, erst hinterher darauf und findet dann eine gewisse Noblesse, eine Sublimierung, eine Legitimierung, eine Transzendenz ... was weiß ich ... die Illusion von etwas Absolutem, das man Tod nennt oder Freiheit, das man als etwas sich einander vollkommen Entsprechendes in Einklang bringen will. Die Wahrheit ... meine Wahrheit – das will ich sehr deutlich sagen, ich spreche von mir, die Wahrheit ist, daß ich krank bin. Ein Krebs war der Ansicht, mein Körper sei eine nette paradiesische Insel, also verbringt er dort seine Ferien, seine Füße in den Ozean meines Bluts getaucht, und läßt sich unter der Sonne meines Herzens bräunen ... Er braucht keinen Sonnenschirm, er lacht sich über Sonnenstiche kaputt. Sein bezahlter Urlaub besteht darin, mich sterben zu lassen. Ich leide unerträglich ... Sie alle wissen, wovon ich spreche. Um mich nicht vor Schmerzen krümmen zu müssen, bin ich gezwungen, mir Morphium zu spritzen, mich mit schmerzlindernden Mitteln vollzustopfen ...« (Aus der Innentasche ihres Jacketts holte sie eine kleine Pillendose hervor und schüttelte sie. »Das hier hat seinen Preis, den Preis meines Bewußtseins. Ich habe meinen Kopf noch beisammen, aber die Gefahr besteht, daß dies nicht so bleibt, also ziehe ich es vor, mich selbst, ich sage noch einmal ›mich selbst‹ umzubringen, anstatt, bewußtlos auf einem Krankenhausbett liegend, zu warten, bis ein Arzt den Stecker herauszieht. Das ist eine kleine Freiheit, eine elende Freiheit. Doch wenn Sie hier sind, dann ja wohl deshalb, weil auch Sie Geschwüre an den Organen haben oder Krebserkrankungen an der Seele, Gefühlstumore, Liebesleukämien und soziale Metastasen, die Sie zerfressen. Die sind es, die unsere Wahl diktieren, und das lange vor der großen Vorstellung von unserer Freiheit. Seien wir doch ehrlich: Wären wir gesund, würden wir geliebt, wie wir es verdienen, würden wir geachtet mit einem herrlichen Platz an der Sonne innerhalb unserer Gesellschaft, dann, davon bin ich überzeugt, wäre dieser Saal leer.«

Madame Astanavis kam zum Ende ihrer Einführung. Alle Anwesenden applaudierten. Die beiden Nachbarinnen von Antoine standen auf, sie waren beeindruckt und bewegt. Madame la professeur nahm die rote Blume aus ihrem Knopfloch und stellte sie in das Wasserglas auf dem Rednerpult.

Während der dann folgenden anderthalb Stunden gab Madame Astanavis ihren Unterricht. Sie lehrte verschiedene Arten, sich erfolgreich das Leben zu nehmen. Sie brachte ihren Zuhörern bei, wie man eine elegante, sichere Schlinge macht, welches Medikament zu wählen sei, wie es dosiert und mit anderen Medikamenten kombiniert werden sollte, wenn man auf angenehme Weise zu sterben gedachte. Sie verriet Rezepte für tödliche Cocktails und bereitete sie zu, alles in schönen Farben, und versicherte, sie würden wunderbar schmecken. Sie stellte die verschiedenen Feuerwaffen und ihre Wirkungsweise auf die Schädelknochen und die Anatomie des Gehirns im einzelnen dar, wobei sie vom Kaliber und von der Schußdistanz ausging. Sie riet dazu, bevor man sich eine Kugel in den Kopf jage, eine Röntgenaufnahme des Schädels machen zu lassen, um festzulegen, an welchem Punkt der Lauf der Waffe angesetzt werden mußte, damit nichts schiefging. Unter Zuhilfenahme von Diapositiven mit schematischen Darstellungen lehrte sie ihre aufmerksamen Schüler welche Pulsadern durchschnitten werden müßten, und wie man sie erfolgreich durchtrennte. Von der Verwendung unsicherer Mittel wie Gas riet sie ab. Sie erzählte über den Selbstmord von Mishima, von Cato, von Empedokles, von Stefan Zweig ... All diese Situationsselbstmorde, die der Welt einen Sinn anboten. Am Ende schloß sie die Stunde mit einer Hommage an Professeur Edmond ab und erinnerte daran, daß der Verbindung zweier letaler Kräfte der Vorzug zu geben sei, damit nichts schiefgehen könne: Medikamente und der Strick, Adern und Revolver ...

Der Unterricht war zu Ende, Antoine verließ den Raum, noch bevor ihn jemand ansprechen konnte. Das Quartett begann wieder zu spielen. Im Hinausgehen kam er an dem kleinen Geschäft des Vereins vorbei, das in einer bezaubernden Puppenstubendekoration hübsche Stricke, Broschüren, Bücher, Waffen, Gifte, phallusartige getrocknete Knollenblätterpilze und alles Notwendige für die Begleitung eines schönen Todes anbot: Wein, feine Metsorten, Musik. Er ging wieder die Avenue de Clichy hinauf. Die Stadt verschwamm vor seinen Augen, als wäre er trunken. Jetzt, da er wußte, wie er sich umbringen mußte, jetzt, da er die Unschuld des Amateurs verloren hatte und das Wissen des Sachkundigen besaß, hatte er keine Lust mehr.

Antoine wollte nicht leben, soviel war gewiß, aber er wollte auch nicht sterben.

»Ich weiß nicht, ob Sie es bemerkt haben, aber mit den Dimensionen, dem Umfang und dem Gewicht einer Baguette kann man die goldene Zahl errechnen. Das ist ganz zweifellos kein Zufall.«

Der Bäcker nickte zustimmend und gab ihm ein Vollkornbrot.

Antoine wohnte in Montreuil, an der Peripherie von Paris, was Aslee dazu veranlaßte zu sagen, er wohne an der Periphrasie von Paris. Aslee war sein bester Freund. Antoine nannte ihn fast nie mit vollem Namen, sondern immer nur mit der Abkürzung: As. Das amüsierte diesen unendlich, denn auf samoanisch – und Aslee war Samoaner – bedeutete As »Wasser von den Bergen«.

As war wohl über zwei Meter groß, aber er bewegte sich mit dem fließenden Gleiten eines Wals im Wasser. Und er hatte einen erstaunlichen Charakter. Die Gründe dafür lagen in seiner Kindheit.

Bevor die Firma Nestlé neue Produkte auf den Markt bringt, testet sie diese gewöhnlich an einer Reihe von Verbrauchern. Aslees Eltern waren sehr arm, und so hatten sie sich gegen Kaufgutscheine für Nahrungsmittel in die Liste der Testpersonen aufnehmen lassen. Zu der Zeit wollte Nestlé eine neue Auswahl kleiner Gläser für Babynahrung lancieren, die zusätzliche Vitamine und Phosphor enthielt. In winzigen Mengen ist Phosphor der Gesundheit sehr förderlich, allerdings war in dem Unternehmen bei der Dosierung ein Fehler aufgetreten: Ein Ingenieur hatte Mikrogramm mit Kilogramm verwechselt. Trotz dieses industriellen Irrtums starben die getesteten Kinder nicht alle: Die Überlebenden litten an Krebs und anderen schweren Krankheiten. Aslee hatte verhältnismäßiges Glück, denn er trug lediglich eine geistige Behinderung davon, die die Entwicklung seines Gehirns verzögerte. Im eigentlichen Sinn war er geistig auch gar nicht eingeschränkt, nur nahm sein Verstand eine eigene Richtung, er folgte einer Logik, die niemand nachvollziehen konnte. Eine weitere Folge dieser kleinen Gläser mit überdosiertem Phosphorzusatz in der Babynahrung war, daß Aslee im Dunkeln leuchtete. Das war sehr hübsch. Wenn sie nämlich nachts durch die Straßen streiften, sah As neben Antoine aus wie ein Riesenglühwürmchen, das ihren Weg durch die Gassen erhellte, ohne zu flackern.

As hatte seine Kindheit in einer Spezialklinik verbracht, in der man seine Leiden zu heilen versuchte. Über viele Jahre war er stumm geblieben, keine der klassischen Rehabilitationsmaßnahmen war in der Lage, ihn aus seinem Schweigen herauszuholen. Dann entdeckte eine Logopädin, die zugleich eine große Verehrerin von Lyrik war, daß das einzige Mittel, As zum Sprechen zu bringen, darin bestand, ihn Verse aufsagen zu lassen. Seine Sprechbehinderung bedurfte einer Hilfestellung: Versfüße wurden so die Krücken seiner Worte. Schritt für Schritt konnte er wieder zu einem fast normalen Leben zurückkehren und verließ das Hospital, als er sechzehn war. Danach war er, trotz seines sanften Charakters, der ihn eher in die Nähe eines großen Teddybärs rückte als in die eines Wächters, verschiedentlich als Wachmann tätig. Seine imposante Größe sollte mögliche Diebe abschrecken. Zwei weitere Eigenschaften hatten eine gewisse Wirkung auf die seltenen Einbrecher, mit denen er es bislang zu tun gehabt hatte: zum einen seine Leuchtkraft, die ihn wie ein Gespenst aussehen ließ, wie eine übernatürliche Erscheinung; zum anderen: Wenn der Dieb nicht ohnmächtig geworden war oder die Flucht ergriffen hatte, terrorisierte die Tatsache, daß Aslee in Versen sprach, ihn vollständig. Seit zweieinhalb Jahren war er Wachmann im Nationalmuseum für Naturgeschichte im Botanischen Garten.

Dort hatte ihn Antoine kennengelernt. As spazierte gerne nach Dienstschluß durch die Etagen der großen Galerie der Evolution. Das ist ein erstaunlicher Ort, bevölkert von Tausenden ausgestopfter Tiere, die dem Besucher das Gefühl gaben, in einer stillgestellten Arche Noah herumzuwandeln. Eine geheimnisvolle Atmosphäre strömt von diesem schwach erleuchteten Ort aus. Das Halbdunkel, durchbrochen von den einzelnen Spots auf die Tiere, umhüllt die neugierigen Besucher, die murmelnd und flüsternd umhergehen, aus Furcht, sie könnten die Elefanten, Raubtiere und Vögel aufwecken. Eines Morgens, als Antoine die Galerie zum ersten Mal besuchte, spazierte er mit einer ganz kindlichen Verwunderung und Ungeduld herum, bestaunte die in eigentümlichen Posen ausgestellten Tiere, las die Etiketten und Tafeln, die deren Leben und Lebensräume beschrieben. Im Herumschweifen verschlang sein begieriger Verstand diese hier ausgestellte Kultur wie Nahrung. Plötzlich zog eine undeutliche Form, die merkwürdig beleuchtet war, seine Aufmerksamkeit auf sich. Zuerst dachte er, sie stellt eine Art Neandertaler oder ein seltenes Exemplar eines unbehaarten Yeti dar, dem man Kleider und Schuhe angezogen hatte. Antoine blickte nach unten auf der Suche nach einem erklärenden Hinweis, nach einer wissenschaftlichen Notiz über die Herkunft und Epoche dieses sonderbaren Exemplars. Er suchte an den Füßen dieses Geschöpfs, fand aber nichts. Dann hob er wieder den Kopf: Das Geschöpf lächelte ihn an und streckte ihm seine riesige Hand entgegen. So wurden sie Freunde.

Sie waren immer zusammen. As redete nicht viel, doch das kam Antoine nur entgegen, dessen Gedanken und Worte nur so hervorsprudelten. As unterbrach Antoines ewige Fragereien mit seinen Alexandrinern, die mit ihren zwölf Versfüßen eine größere Sinnesweite umfaßten als jeder Wortschwall Antoines. Er, Antoine, liebte die Synthese und die Poesie von As' Sprache, As wiederum entzückte das üppige Wuchern, der Dschungel der Worte von Antoine.

Charlotte, Ganja, Rodolphe, As und Antoine trafen sich abends in der kleinen isländischen Bar in der Rue Rambuteau, dem Gudmundsdottir. Sie spielten Schach und diskutierten, während sie Getränke und Speisen mit unaussprechlichen Namen und geheimnisvollen Zusammenstellungen zu sich nahmen. Sie wußten nicht, was sie da verschlangen, ob es Fleisch oder Fisch war, um welches verrückte Gemüse es sich handelte, doch diese bisher unbekannten Aromen amüsierten sie. Die kleine Restaurant-Bar war ein Treffpunkt der ausgewanderten Isländer, auch die anderen Gäste verschluckten die gleiche eigentümliche Sprache. Antoine hatte bemerkt, daß es zumindest hier einen logischen Grund gab, nicht zu verstehen, was die Leute sagten. An diesem unwahrscheinlichen Ort spielte er an mehreren Abenden der Woche mit seinen Freunden Pantomime, oder sie erfanden neue Länder oder spielten ein Spiel, das sie »das Spiel von der zweigeteilten Welt« nannten. Dieses Spiel bestand darin, die wirklichen großen Teilungen der Welt herauszufinden, Teilungen, die es wirklich gibt, weil die Welt sich ständig in zwei Hälften teilt: in die, die gerne Rad fahren und jene, die mit dem Auto rasen; in die, die ihr Hemd über der Hose tragen und jene, die es hineinstopfen; in die, die keinen Zucker in ihren Tee tun, und jene, die ihn mit Zucker trinken; in die, die glauben, Shakespeare sei der größte Schriftsteller aller Zeiten, und jene, die behaupten, das sei André Gide gewesen; in die, die die Simpsons, und jene, die South Park lieben; in die, die Nutella mögen, und jene, die Rosenkohl mögen. Mit echter anthropologischer Besorgnis stellten sie so die Listen der grundlegenden Teilungen der Menschheit zusammen.

Bei einer dieser geheimen Zusammenkünfte, eine Woche nach seiner Entlassung aus dem Hospital, an einem Donnerstag, dem 20. Juli, verkündete Antoine den Freunden seine Absicht, Idiot zu werden.

Das Restaurant füllte sich. Ein Miniaturwikinger sprang aus der Uhr an der Wand hervor und schlug mit seiner Axt zehnmal auf einen Schild. Umgeben vom Lärm der Unterhaltungen auf isländisch und der traditionellen Musik wurde der Tisch von Antoine und seinen Freunden zu einer kleinen Insel. Der Küchenduft und der Geruch von Bier mischten und verdichteten sich zu einer Art Nebelschwaden in dem kleinen Restaurant. Vielerlei Ungeheuer und Götter der isländischen Sagenwelt leuchteten als Lampions über den Gästen. Die überladenen Kellner bewegten sich im Slalom zwischen den eng beieinander stehenden überladenen Tischen. Antoine nahm aus seiner Tasche das große Heft, in das er sein Credo niedergeschrieben hatte. Er bat seine Freunde, ihn von nun an nicht zu unterbrechen und mit angespannter, bewegter Stimme begann er zu lesen:

»Es gibt bedauernswerte Menschen, denen das Beste nicht gelingt. Sie können in Cashmere gekleidet sein und trotzdem sehen sie aus wie Clochards; sie können reich sein und trotzdem verschuldet, groß sein und doch Nieten im Basketball. Heute werde ich mir schmerzlich darüber klar, daß ich zu denen gehöre, die mit ihren Pfründen nicht wuchern können, für die diese Pfründe sogar ein Nachteil sind.

Kindermund tut Wahrheit kund. In der Grundschule gilt es als Beleidigung, wie ein Intellektueller behandelt zu werden; später hingegen wird dieselbe Eigenschaft als hervorragend geschätzt. Doch das ist eine weitverbreitete Lüge: In Wirklichkeit ist Intelligenz ein Makel. So, wie die Lebenden wissen, daß sie sterben werden, wohingegen die Toten nichts wissen, so glaube ich, daß es schlimmer ist, intelligent zu sein als dumm, denn ein Dummer weiß nicht, daß er dumm ist, während ein intelligenter Mensch, und sei er auch noch so demütig und bescheiden, zwangsläufig um seine Intelligenz weiß.

Im Prediger Salomo heißt es: ›Wer sein Wissen vermehrt, vermehrt seinen Schmerz.‹ Doch weil ich niemals die Chance hatte, mit anderen Kindern in den Katechismusunterricht zu gehen, bin ich über die Gefahren des Lernens nicht aufgeklärt worden. Christen haben wirklich Glück, so jung auf die lebensbedrohlichen Risiken der Intelligenz hingewiesen zu werden. Ihr ganzes Leben lang wissen sie, daß man ihnen ausweichen muß. Selig die Armen im Geiste.

Diejenigen, die glauben, daß die Intelligenz etwas Nobles darstelle, besitzen davon mit Sicherheit nicht genug, um zu begreifen, daß sie ein Fluch ist. Die Menschen in meiner Umgebung, meine Klassenkameraden, meine Lehrer, alle fanden immer, ich sei intelligent. Ich habe nie so ganz verstanden, warum und wie sie zu diesem Urteil über meine Person gelangt sind. Unter diesem positiven Rassismus habe ich oft bitter zu leiden gehabt, sowie unter denen, die die Vortäuschung von Intelligenz mit Intelligenz verwechseln und einen aufgrund eines fälschlicherweise günstigen Vorurteils in die Rolle einer Autorität zwingen. Ebenso wie die Meinung über einen ungeheuer gut aussehenden jungen Mann oder eine ungeheuer gut aussehende junge Frau sich zur Begeisterung steigert, um andere, von der Natur weniger vorteilhaft Ausgestattete auf stille Art zu demütigen, war ich das intelligente, kultivierte Wesen. Wie ich diese Veranstaltungen verabscheute, bei denen ich ungewollt dazu beitrug, Jungen und Mädchen herabzusetzen, die als weniger brillant galten!

Eine Sportskanone hingegen bin ich nie gewesen. Die letzten wichtigen Wettkämpfe, die meinen Muskeln höchste Anstrengung abverlangten, waren die Murmelspiele in der Grundschule auf dem Schulhof. Meine dünnen Arme, mein kurzer Atem, meine langsamen Beine ließen es nicht zu, die nötigen Kräfte zu mobilisieren, um mit einem Ball erfolgreich herumzukicken. Ich hatte lediglich die Energie, die Welt mit meinem Verstand zu durchstöbern. Für den Sport war ich zu schwächlich, und so blieben mir nur meine Neuronen, um Ballspiele zu erfinden. Meine Klugheit wurde aus der Not geboren.

Die Intelligenz ist eine Sackgasse der Evolution. Ich stelle mir ganz deutlich vor, daß zur Zeit der ersten prähistorischen Menschen die Kinder innerhalb eines kleinen Stammes in die Büsche liefen, Eidechsen jagten und Beeren für das Abendessen sammelten. Nach und nach lernten sie von den Älteren, vollkommene Männer und Frauen zu werden: Jäger, Sammler, Fischer, Färber ... Doch wenn man das Leben dieses Stammes genauer betrachtet, bemerkt man, daß ein paar Kinder an den wilden Spielen der Gruppe nicht teilnehmen: Sie bleiben, im Schutz der Höhle, neben dem Feuer sitzen. Sie werden sich niemals gegen die Tiger mit ihren säbelscharfen Zähnen verteidigen oder auf die Jagd gehen können. Sie würden, auf sich selbst gestellt, auch keine einzige Nacht überleben. Sie verbringen ihre Tage mit Nichtstun, doch nicht aus Faulheit, nein, sie würden nur zu gerne mit ihren Kameraden herumspringen, aber sie können es nicht. Als die Natur sie auf die Welt brachte, hat sie gewissermaßen gestottert. In diesem Stamm gibt es ein kleines blindes Mädchen, einen hinkenden Jungen, einen anderen, der tolpatschig und immer mit den Gedanken woanders ist ... Sie bleiben also den ganzen Tag über im Lager zurück, und weil sie nichts zu tun haben und Videospiele noch nicht erfunden sind, denken sie ganz zwangsläufig nach und lassen ihre Gedanken herumschweifen. Sie verbringen ihre Zeit mit Nachdenken, mit dem Versuch, die Welt zu entschlüsseln, sich Geschichten und Erfindungen einfallen zu lassen. Und auf diese Weise wurde die Zivilisation geboren: Weil ein paar Kinder nichts anderes zu tun hatten. Wenn die Natur niemanden zum Krüppel machen würde, wenn die Gußform jedesmal ganz makellos wäre, dann wäre die Menschheit eine

Art von Protohominiden geblieben, glücklich, ohne jedes Fortschrittsdenken, mit einem hervorragenden Leben auch ohne Prozac, ohne Kondome und ohne DVD-Player.

Neugierig sein, Natur und Menschen verstehen wollen, die Künste entdecken, das müßte unser aller Ziel und Streben sein. Doch wenn dem so wäre, würde die Welt bei der gegenwärtigen Organisation der Arbeit aufhören sich zu drehen, und zwar einfach deshalb, weil das Zeit braucht und eine kritische Geisteshaltung entwickelt. Keiner würde mehr arbeiten. Das ist auch der Grund für die menschlichen Neigungen und Abneigungen, für ihre Interessen und Desinteressen; denn wenn es nicht so wäre, gäbe es keine Gesellschaft. Tatsächlich aber gibt es diejenigen, die sich für allzu vieles begeistern, sogar für Themen, die sie a priori nicht interessiert haben, und die nun Gründe für ihr Desinteresse verstehen wollen – und dafür den Preis einer gewissen Vereinsamung zahlen. Um diesem Ausschluß zu entgehen, muß man sich unbedingt mit einer Intelligenz ausstatten, die einen Sinn und Zweck hat, die einer Wissenschaft oder einer Sache, einem Beruf dient; schlicht eine Intelligenz, die zu irgend etwas nütze ist. Meine vermeintliche Klugheit, die allzu unabhängig ist, dient aber zu nichts und niemandem, das heißt, sie kann nicht einmal in der Universität, in einem Unternehmen oder einer Rechtsanwaltskanzlei eingesetzt werden.

Ich trage den Fluch des Verstandes mit mir herum. Ich bin arm, ledig, deprimiert. Seit Monaten denke ich über meine Krankheit des zu vielen Nachdenkens nach und habe die Wechselbeziehung zwischen meinem Unglücklichsein und der Inkontinenz meines Verstandes zweifelsfrei festgestellt. All die Denkerei hat mir noch nie etwas eingebracht, sondern sich meistens gegen mich gewandt. Nachdenken ist kein natürlicher Vorgang, es verletzt, als ob es in die Luft gemischte

Glasscherben und Widerhaken zum Vorschein brächte. Ich kann meinen Geist nicht zur Ruhe bringen, seinen Rhythmus nicht verlangsamen. Ich fühle mich wie eine Lokomotive, die über die Schienen rast und nie anhalten kann, denn der Treibstoff, der ihr ihre schwindelnde Wucht verleiht, ihre Kohle, das ist die Welt. Alles, was ich sehe, fühle, höre, wird in den Ofen meines Gehirns geschaufelt, reißt es mit und treibt es zu Höchstleistungen an. Jeder Verstehensversuch ist gesellschaftlicher Selbstmord, er bedeutet, das Leben nicht mehr genießen zu können, ohne sich dabei gleichzeitig wie ein Raubvogel und ein Aasgeier zu fühlen, der seine Studienobjekte in Stücke reißt. Oftmals tötet man, um zu verstehen, denn ähnlich wie im Medizinstudium gewinnt man keine Erkenntnisse, ohne zu sezieren: Man entdeckt die Adern und den Blutkreislauf, den Aufbau des Skeletts, die Nerven, die innerste Funktionsweise des Körpers. Und eines schrecklichen Nachts befindet man sich in einer feuchten, finsteren Gruft, mit einem Skalpell in der Hand, blutverschmiert, von Grauen und Ekel erfüllt, mit einer kalten, unförmigen Leiche auf einem Metalltisch. Hinterher kann man immer noch versuchen, Professor Frankenstein zu spielen und alles wieder zusammenzusetzen, um daraus ein Lebewesen zu schaffen. Doch besteht dabei die Gefahr, daß man ein mörderisches Ungeheuer fabriziert. Ich habe zu lange in Leichenschauhäusern gelebt. Heute fühle ich, wie die Gefahr des Zynismus, der Verbitterung und der unendlichen Traurigkeit immer näher kommt. Mit ungeheurer Geschwindigkeit wird man auf das Unglück vorbereitet. Es ist schlechterdings unmöglich, in vollem Bewußtsein, mit zu vielen Gedanken zu leben. Sehen wir uns nur die Natur an: Alles, was betagt und glücklich dahinlebt, ist nicht sehr intelligent. Schildkröten leben jahrhundertelang, das Wasser ist unsterblich, und Milton Friedman gibt es noch immer. In der Natur ist Bewußtsein die Ausnahme. Man kann sogar postulieren, daß sie ein Unfall ist, weil sie keinerlei Überlegenheit garantiert, nicht einmal ein besonders langes Leben. Im Rahmen der Evolution der verschiedenen Spezies ist sie durchaus kein Zeichen für eine bessere Anpassung. Die Insekten sind, gemessen an ihrem Alter, ihrer Zahl und dem von ihnen besetzten Territorium, die wahren Herren unseres Planeten. Die soziale Organisation der Ameisen, zum Beispiel, ist weitaus leistungsfähiger, als es unsere eigene jemals sein wird, und dennoch hat keine einzige Ameise einen Lehrstuhl an der Sorbonne.

Jeder hat irgendeine Meinung über die Frauen, die Männer, die Bullen, die Mörder. Von unserer eigenen Erfahrung ausgehend, dem, was uns paßt, dem, was wir mit den schwachen Mitteln unseres Nervensystems zu verstehen in der Lage sind, verallgemeinern wir und folgen der Richtung unserer Vision. Auf diese Weise können wir schnell denken, schnell urteilen und schnell Stellung beziehen. Darin liegt kein Wert an sich, es sind nur Symbole, Hinweiszeichen, kleine Fähnchen, die jeder schwenkt. Und jeder verteidigt die Wahrheit seines Eigennutzes, seines Geschlechts, seines Glücks.

Der Vorteil allgemeiner Darlegungen besteht meist in ihrer Einfachheit und Struktur, sie sind leicht verständlich und haben daher eine größere Wirkung auf die Zuhörer. Wenn man das in der Sprache der Mathematik ausdrücken will, so entsprechen die Diskussionen auf der Grundlage allgemeiner Darlegungen den Additionen, den einfachen Rechenoperationen, die durch ihre Logik den Glauben an ihre Richtigkeit erwecken. Wohingegen eine ernsthafte Diskussion eher einer Reihe von Ungleichungen mit mehreren Unbekannten, von Integralen oder dem Jonglieren mit komplexen Zahlen gleicht.

Ein weiser Mensch hat bei einer Diskussion immer den Eindruck, unzulässig zu vereinfachen, und sein einziger Wunsch ist es, zu streichen, bestimmte Wörter mit Sternchen zu versehen, Fußnoten am Ende der Seite und Kommentare am Ende des Buches anzuführen, um darzustellen, was er wirklich denkt. Aber bei einer Unterhaltung in einer Ecke des Flurs oder während eines angeregten Abendessens oder auf den Seiten einer Zeitung ist das überhaupt nicht möglich: Da sind Strenge, Objektivität, Unvoreingenommenheit und Ehrlichkeit nicht gefragt. Tugend ist eine rhetorische Behinderung, in einer Debatte kommt sie nicht zum Zuge. Einige glänzende Köpfe, die die notwendige Leere jeder Diskussion klar erkannten, haben es vorgezogen, schelmisch zu sein und die Komplexität einer Sache durch paradoxe Formulierungen und distanzierten Humor zu verdeutlichen. Wieso auch nicht? Schließlich ist auch dies ein Mittel zum Überleben.

Die Menschen simplifizieren die Welt durch Sprache und Denken, auf diese Weise gewinnen sie Gewißheiten. Und der Besitz von Gewißheiten ist in dieser Welt ohne Zweifel noch wesentlich wertvoller als Geld, Sex und Macht zusammen. Der Verzicht auf wahre Intelligenz ist der Preis, den man für Gewißheiten zahlen muß, und dies ist immer eine unsichtbare Einzahlung auf die Bank unseres Bewußtseins. Wenn sich das so verhält, dann mag ich doch lieber die, die nicht den Mantel der Vernunft über sich ziehen, sondern sich zur Fiktion ihres Glaubens bekennen. So nimmt es ein gläubiger Mensch hin, daß sein Glaube nur eine Glaubenshaltung ist und nicht etwa ein Vorkaufsrecht auf die Wahrheit der realen Dinge.

Ein chinesisches Sprichwort besagt in etwa, daß ein Fisch niemals weiß, wann er pinkelt. Das ist eins zu eins auf die Intellektuellen übertragbar. Der Intellektuelle ist davon überzeugt, intelligent zu sein, weil er sich seines Kopfs bedient. Der Maurer bedient sich seiner Hände, aber auch er hat einen Kopf, der ihm sagen kann: ›Heh! Diese Mauer ist nicht gerade, und außerdem hast du vergessen, Mörtel zwischen die Steine zu geben.‹ Nun geht es hin und her zwischen seiner Arbeit und seinem Verstand. Der hart mit seinem Verstand arbeitende Intellektuelle kennt dieses Hin und Her nicht, seine Hände bewegen sich nicht, um ihm zu sagen: ›Heh, Mann, du liegst falsch! Die Erde ist rund.‹ Dem Intellektuellen mangelt es an diesem Unterschied, daher fühlt er sich in der Lage, eine Meinung zu allem und jedem zu haben. Der Intellektuelle ist wie ein Pianist, der, allein, weil er seine Hände mit so großer Virtuosität benutzt, glaubt, jederzeit auch Pokerspieler, Boxer, Neurochirurg und Maler werden zu können.

Die Intellektuellen sind natürlich nicht die einzigen von der Intelligenz Betroffenen. Wenn jemand einen Satz beginnt mit: ›Ich will ja nicht demagogisch erscheinen, aber ...‹, ist das im allgemeinen an sich schon demagogisch. Dann weiß ich gar nicht mehr, wie ich mich ausdrücken soll, um nicht gönnerhaft zu klingen. Ich bin überzeugt, daß die Intelligenz eine von der Bevölkerung ohne jeden gesellschaftlichen Unterschied geteilte Tugend ist: Es gibt den gleichen Prozentsatz an intelligenten Menschen unter Geschichtslehrern wie unter bretonischen Fischern, unter Schriftstellern wie unter Sekretärinnen ... Das leitet sich aus meiner Erfahrung her, weil ich doch immer wieder mit brain-builders zusammenkomme, mit Denkern und Professoren, mit dummen Intellektuellen und gleichzeitig mit normalen Menschen, die kein Intelligenz-Diplom haben und keine institutionalisierte Aura. Anderes kann ich nicht sagen. Und das ist ebenso anfechtbar wie eine wissenschaftliche Studie unmöglich. Jemand Intelligentem, Vernünftigem zu begegnen, ist nicht Aufgabe des Diploms: Es gibt keinen IQ.-Test, um das zu enthüllen, was man den gesunden Menschenverstand nennen könnte. Ich denke wieder an das, was Michael Herr, der Drehbuchautor von Full Metal Jacket, in dem wunderbaren Buch von Michel Ciment über Kubrick gesagt hat: ›Die Dummheit der Leute liegt nicht an ihrem Mangel an Intelligenz, sondern an ihrem nicht vorhandenen Mut.‹ Etwas, das man in diesem Rahmen gelten lassen kann, ist, daß der Umgang mit großen Werken und ihrer Geisteshaltung, auch das Lesen der Werke von Genies, wenn schon nicht todsicher intelligent macht, so doch immerhin mit großer Wahrscheinlichkeit das Risiko dazu in sich trägt. Gewiß, es gibt Menschen, die werden Freud und Platon gelesen haben, die werden mit den Quarks herumjongliert und den Unterschied zwischen einem Wanderfalken und einem Turmfalken herausgefunden haben, und trotzdem sind sie Tölpel. Doch gerade weil sie auf vielfältige Weise stimuliert werden und ihr Geist eine bereichernde Atmosphäre aufsucht, findet sie potentiell einen günstigen Nährboden für ihre Entwicklung, genauso wie eine Krankheit. Denn Intelligenz ist eine Krankheit.«

Und dann las Antoine noch den Schluß. Er machte sein Heft zu und sah seine Freunde mit dem Ausdruck eines Weisen an, der den unwiderlegbaren Beweis für eines der großen Geheimnisse der Wissenschaft vor einer Versammlung geschätzter und verblüffter Kollegen geführt hat.

Ganja brach in schallendes Gelächter aus, das den ganzen Abend über anhielt. Ein Isländer, der an dem Tisch hinter ihm saß, hielt ihm sein Päckchen Zigaretten hin: Er dachte, daß Ganjas zittriges Lachen auf isländisch so etwas wie »Haben Sie wohl mal 'ne Zigarette?« bedeutete. So kam es, daß ihm jedesmal, wenn er anfing zu lachen, ein liebenswürdiger Isländer eine Zigarette anbot. Rodolphe bemerkte trocken, daß Antoine sich nicht mehr besonders anstrengen müsse, um ein Idiot zu werden; Charlotte nahm liebevoll seine Hand; As schaute ihn sprachlos mit seinen großen erstaunten Augen an.

Mit rührender Einfachheit wiederholte Antoine, daß er gar nicht anders könne als zu denken, als zu versuchen zu begreifen, und daß ihn das unglücklich mache. Ja, gewiß, das Forschen und Studieren beschere ihm die Freude eines Goldsuchers ... Doch das Gold, das er finde, habe die Farbe und das Gewicht von Blei. Sein Geist gönne ihm keine Ruhepause, hindere ihn, wegen der ständigen Fragen, am Schlaf, wecke ihn in tiefer Nacht mit elementaren Zweifeln und Empörungen. Antoine erzählte seinen Freunden, daß er seit langem schon keine Träume mehr habe, auch keine Alpträume, so sehr würden seine Gedanken seinen Schlaf ausfüllen. Aufgrund zu vielen Denkens, bei anschwellendem Bewußtsein, lebte Antoine ziemlich unglücklich. Jetzt wollte er ein bißchen weniger bei Bewußtsein sein und Ursachen, Wahrheiten und Realität eindeutig ignorieren ... Er hatte genug von der Schärfe seiner Beobachtung, die ihm ein zynisches Bild von den Beziehungen der Menschen untereinander vermittelte. Er wollte leben, nicht länger die Realität des Lebens hinterfragen, einfach nur leben.

Er erinnerte seine besorgten Freunde an seinen Versuch, Alkoholiker zu werden, und an sein gescheitertes Selbstmordprojekt. Die Idiotie war seine letzte Chance, gerettet zu werden. Er wußte noch nicht, wie er verfahren sollte, versprach aber, seine ganze Willenskraft einzusetzen, um Idiot zu werden. Er hoffte, ein bißchen Wasser in seinen alkoholfreien Wein zu gießen, beweglicher zu werden und sich dieser seltsamen Vorurteile zu entledigen, die man Wahrheit nennt. Antoine hatte nicht den Wunsch, ein perfekter Trottel zu werden, sondern wollte lediglich seine Intelligenz in das Amalgam des Lebens einrühren, sich dazu bringen, nicht immer alles zu analysieren und zu zerpflücken. Sein Geist war immer wie ein scharfsichtiger Adler mit schneidenden Fängen und scharfem Schnabel. Von nun an wollte er ihm beibringen, ein majestätischer Kranich zu sein, durch die Lüfte zu schweben und sich von den Winden tragen zu lassen und die Sonnenwärme und die Schönheit der Landschaft zu genießen.

Es ging nicht darum, einfach so auf Vernunft und Verstand zu verzichten, sein Ziel war es, am Leben innerhalb einer Gemeinschaft teilzuhaben. Er versuchte von jeher herauszufinden, welcher Antrieb jedes Wesen mit Leben beseelt, er wußte, wie wenig Platz der freie Wille in den Meinungsentscheidungen hatte. Ein Teil seines Unglücks war der Tatsache geschuldet, daß er unter der Herrschaft der von Jean Renoir formulierten Tragödie lebte, bei der es einem bewußt ist, daß »das Unglück in dieser Welt darin besteht, daß jeder seine Gründe hat«. Wie ein heiliges Wort wandte er Spinozas Formel an: »Nicht bedauern, nicht lachen, nicht verachten, sondern begreifen«, er bemühte sich, niemanden zu verurteilen, nicht einmal den, der versuchte, ihn zu verwunden und zu unterwerfen. Antoine war ein derart gutmütiger Mensch, daß er auch ein Gebiß für einen Haifisch anfertigen würde und bereit wäre, es ihm ins Maul einzupassen. Doch wenn er den Versuch unternahm zu verstehen, war das keineswegs in dieser Form von Religiosität, die darin besteht, alles nachsichtig zu verzeihen. Vielleicht etwas übertrieben, sah er unter der vordergründigen Entscheidungsfreiheit die Notwendigkeit und die Mechanik einer Maschine, die sich von Menschenseelen nährte.

Und weil er versuchte, ebenso objektiv sich selbst gegenüber zu sein, wie er es anderen gegenüber war, stellte er zugleich fest, daß er beim Versuch, alles zu verstehen, gelernt hatte, nicht zu leben, nicht zu lieben, und man seine extremistische intellektuelle Rechtschaffenheit als feige Lebensangst deuten konnte. Dessen war er sich bewußt, und dies alles trug zu seiner folgenschweren Entscheidung bei.

»Doch«, fügte er bedeutsam hinzu, »die Wahrheit hat, wie Janus, zwei Gesichter, und bis jetzt habe ich lediglich auf seiner dunklen Seite gelebt. Ich werde von nun an auf der hellen Seite herumspazieren. Ich werde vergessen nachzudenken, mich für das Alltägliche begeistern, an die Politik glauben, mir schöne Klamotten kaufen, die Sportereignisse verfolgen, vom neusten Automodell träumen, die Fernsehnachrichten anschauen und es wagen, Tricks zu verabscheuen ... Das habe ich nicht kennengelernt, während ich mich für alles interessierte und mich überhaupt nicht begeistern konnte. Ich sage nicht, daß das gut oder schlecht ist, nur, daß ich diesen großen Geist, den man »öffentliche Meinung« nennt, prüfen und mit ihm in Kommunikation treten werde, ja, in Kommunikation. Ich möchte mit den anderen zusammensein, sie nicht analysieren, sondern wie sie sein, dazugehören, die gleichen Dinge mit ihnen teilen ...«

»Du meinst«, bemerkte Ganja langsam und kaute dabei auf Heilkörnern herum, »du meinst, es war verrückt, überhaupt versucht zu haben, intelligent zu sein, du meinst, das sei nebensächlich, wohingegen eine Prise Idiotie eigentlich intelligent wäre ...«

»Wir«, sagte Charlotte, »wir lieben dich so, wie du bist, du bist zwar ein bißchen kompliziert, aber ... du bist ganz toll. Wenn ich hetero wäre ...«

»Und ich, Charlotte«, antwortete Antoine, »wenn ich Däne wäre, würde ich dich fragen, ob du mich heiraten willst. Hört mir zu. Eine gewisse Asozialität scheint mir immer noch das normalste von der Welt, es ist vielleicht auch ganz gut, Probleme mit der Gesellschaft zu haben. Ich will ja nicht völlig dazugehören, aber ich will auch nicht völlig ins Abseits geschoben werden.«

»Du mußt das richtige Gleichgewicht finden«, sagte Ganja.

»Ja«, schloß sich Charlotte an, »oder ein gleichgewichtiges Ungleichgewicht.«

Der Kellner brachte ihnen Schüsseln mit einer dicken grünlichen Suppe und Gläser, die mit einer trüben Flüssigkeit gefüllt waren, in denen kleine rote Beeren aufstiegen. Die fünf Freunde beugten sich mißtrauisch über ihr Essen. Der Kellner entließ ein ganzes Knäuel von Konsonanten aus seiner Kehle, was soviel bedeuten mußte wie »Guten Appetit!« In Form eines Haiku fragte As Antoine darauf, ob nicht die Gefahr bestünde, daß er sich völlig verliere und sie ihn einen Tages als Animateur einer Fernsehsendung wiederfinden würden. Antoine erwiderte unerschrocken, daß das natürlich ein Abenteuer sei, und daß die großen Abenteuer der Menschheit nie gefahrlos waren: man denke nur an Magellan, Cook und Giordano Bruno. Bis zu diesem Augenblick habe er im Auge des Orkans gelebt, das ein ruhiger, einsamer Ort ist, umtost von höllischen Stürmen. Er wolle dieses verfluchte Nest verlassen, diesen Vorhang zerstörerischer Luftwirbel durchschreiten, um wieder in die einfache Welt zu gelangen.

Seine Freunde waren dennoch einigermaßen beunruhigt und unglücklich, sie redeten ihm gut zu, ließen ihn schwören, daß er keine Dummheiten machen würde und überredeten ihn schließlich, sich erst einmal Rat bei Edgar, dem Arzt seines Vertrauens, zu holen.

Die Praxis von Dr. Edgar Vaporski befand sich im dritten Stock eines schönen Hauses im XX. Arrondissement, Rue des Pyrénées, ganz in der Nähe der Place Gambetta. Antoine war sein Patient, seit er zwei Jahre alt war, und hatte niemals einen anderen Arzt gehabt als ihn.

Er war zwar Kinderarzt, kannte Antoine aber besser als irgendwer sonst. Und weil sie sich bereits seit dreiundzwanzig Jahren kannten, bestand zwischen ihnen eine gewisse Vertrautheit: Sie nannten sich beim Vornamen und gingen von Zeit zu Zeit gemeinsam aus, denn sie verband auch eine Leidenschaft für das Brady, ein altes Kino am Boulevard de Strasbourg.

Seitdem er zwanzig war, war es ihm ein wenig unangenehm, als einziger Erwachsener ohne Kind im Wartezimmer zu sitzen. Die Eltern blickten über den Rand ihrer Illustrierten und musterten Antoine so diskret es eben ging, die Kinder starrten ihn an. Er konnte sich noch so nahe zu Frauen ohne Begleitung setzen, irgendwann kam die Tatsache, daß er überhaupt kein Kind hatte, immer ans Licht. Daher nahm er inzwischen jedesmal den Enkel seiner Nachbarin mit oder sonst irgendein gerade verfügbares Kind. An diesem bewußten Tag hatte er die kleine Coralie mitgeschleppt, die Tochter des Hausmeisters in seinem Haus, die nicht besonders begeistert war, ihm als Alibi zu dienen.

Edgar öffnete die Türe des Wartezimmers und trug noch den Mundschutz im Gesicht. Er ließ Antoine und Coralie in sein Sprechzimmer eintreten. Der Raum erinnerte an jedes x-beliebige Sprechzimmer, die beigefarbenen Wände hingen voll mit irgendwelchen Diplomen, im Bücherregal standen große Bände, wunderschön in Leder von einem Rind gebunden, das wohl Gold gefressen haben mußte. Und als ob das Kupferschild am Eingang nicht schon genügte, verbreitete die Praxis zusätzlich noch eine diplomierte Kompetenz. Die Farben und das Mobiliar strahlten Seriosität aus. Wer immer dort eintrat, wurde von dieser feierlichen Atmosphäre erfaßt, spürte die Allmacht der Medizin und war gezwungen, sich ihr zu unterwerfen. Häufig zwingt einen der Besuch beim Arzt auf ganz natürliche Weise dazu, die Selbstkontrolle aufzugeben: Man gehört sich eigentlich nicht mehr wirklich, man liefert seinen Körper mit allen dazugehörigen Dysfunktionen den Zauberern der Wissenschaft von den Krankheiten aus. Die Ähnlichkeit zwischen dem Firlefanz, den man in allen Arztpraxen vorfindet, und dem, der das Geheimnis im Empfangszimmer eines Wahrsagers oder eines Marabuts ausmacht, ist erstaunlich. Ein kritischer und respektloser Geist könnte die beiden Inszenierungen zusammenbringen: Allein schon im Geruch von Medikamenten und Räucherstäbchen liegt die gleiche Intention, ein vergleichbarer Manipulationsversuch der Psyche des Patienten oder Kunden. Doch Edgars Sprechzimmer erfüllte das Klischee nicht ganz, denn Kinderzeichnungen hingen an der Wand, Kritzeleien, Spielzeug und Knetmasse bedeckten den Fußboden und den Schreibtisch. Ein roter Power Ranger auf seinem Rezeptblock entschärfte die Symbolkraft seiner Eigenschaft als Arzt.

Das Fenster stand offen, ein leichter Geruch von Tränengas hing noch im Raum, was auch Edgars Atemschutzmaske erklärte. Er nahm sie ab, man konnte die Luft wohl wieder atmen. Dennoch machte Antoine ihn auf den Geruch aufmerksam, während Coralie eine Grimasse schnitt und sich die Nase zuhielt.

»Ein etwas wilder Junge von zehn Jahren hat versucht, meinen Rezeptblock zu stehlen.«

»Und deshalb hast du dich gleich mit Tränengas gewehrt?« entrüstete sich Antoine.

»Der hatte einen Nunchaku«, antwortete Edgar und warf die Arme zum Himmel. »Einen Nunchaku, Antoine!«

»Mein Gott, und das passiert dir häufiger?«

»Nein, zum Glück nicht. Bonjour, Coralie«, sagte Edgar, nachdem er sich hinter seinen Schreibtisch gesetzt hatte. »Geht es um dich oder um Antoine?«

»Um ihn«, sagte sie fast vorwurfsvoll. »In seinem Alter muß ich ihn immer noch zum Arzt begleiten!«

»Ich bezahle dich, Coralie«, sagte Antoine. »Und ziemlich gut dazu.«

»Zwei Schokoladenbrötchen und die Zeitschrift Première ... Ich muß meine Tarife wirklich noch einmal unter dem Aspekt der Hausse überdenken. Schließlich sollte sich die Inflation auch in den menschlichen Beziehungen widerspiegeln.«

»Läßt deine Mutter dich etwa den Börsen- und Wirtschaftsteil der Zeitungen lesen, Coralie? Das ist ja unglaublich.«

»Daran mußt du dich gewöhnen, das ist die neue Generation. Na dann, Antoine, was gibt's denn?«

Aus seinem Beutel zog Antoine, nachdem er in einem Wust von Büchern, Zeitungen und verschiedenen Papieren herumgekramt hatte, die Photokopie einer schematischen Querschnittsdarstellung des menschlichen Gehirns hervor und legte sie ihm auf den Schreibtisch. Dann nahm er Edgars Kugelschreiber und zeigte auf die einzelnen Bereiche des Gehirns.

»Die höheren Erkenntnisfunktionen werden durch die Großhirnrinde des Neocerebrum sichergestellt. Sind wir da einer Meinung?«

»Ja ... Was hast du dir diesmal wieder ausgedacht? Worauf willst du hinaus? Hast du dich entschlossen, Neurochirurg zu werden?«

»Die vorderen Hirnlappen hier«, fuhr Antoine unbeirrt fort und kreiste die entsprechenden Bereiche ein, »sind für die Kommunikation zwischen den Ich-Strukturen und den Erkenntnisfunktionen zuständig ...«

»Das ist hervorragend, Antoine. Ich bin Arzt, du sagst mir da nichts Neues. Das ist alles bekannt.«

»Gut«, sagte Antoine und blickte weiterhin auf seine schematische Darstellung, »ich habe mir gedacht, daß du mir einen Teil der Großhirnrinde herausnehmen oder, wenn dir das lieber ist, einen vorderen Hirnlappen lahmlegen kannst, so etwa ...«

Edgar sah Antoine bestürzt an, während dieser die Teile seines Gehirns markierte, die herausgenommen werden sollten. Er zog die Augenbrauen zusammen und starrte seinen Freund und Patienten an. Coralie saß etwas entfernt auf einer Couch und las eine Filmzeitschrift.

»Wovon redest du, lieber Gott?« fragte Edgar und stand auf. »Ich kann dir nicht ganz folgen. Hast du den Verstand verloren? Bist du jetzt völlig bekloppt geworden oder was?«

»Das wäre ich gerne«, antwortete Antoine tiefernst, »das ist ja gerade die Absicht von allem. Ich ...«

»Du willst, daß ich eine Leukotomie an dir vornehme?« unterbrach ihn Edgar entsetzt.

»Ja, richtig, ich glaube aber, daß eine Teilleukotomie ausreicht: Ich will ja noch ein Streichholz anzünden und meinen Kühlschrank aufmachen können. Vermeiden wir es, die Fehler von ›Einer flog über das Kuckucksnest‹ zu machen ... Aber schließlich bist du ja der Arzt, tu, was du für das Beste hältst.«

»Das Beste wäre, man würde dich in eine geschlossene Anstalt einliefern. Was kommt dir nur in den Sinn?«

»Nein, nein, es ist durchaus nicht so, wie du glaubst ... Das ist bei völlig gesundem Verstand überlegt, im Vollbesitz meiner geistigen Kräfte, worum ich dich da bitte. Ich stelle dir ein Entlastungsschreiben aus. Ich habe lange darüber nachgedacht. Ich treffe diese Entscheidung nach bestem Wissen und Gewissen. Das war ja auch nicht meine erste Wahl, das sage ich dir gleich, zuerst wollte ich Alkoholiker werden, und dann habe ich versucht, mich umzubringen, aber das hat alles nicht geklappt.«

»Du wolltest dich umbringen?«

»Eine Katastrophe. Reden wir nicht davon.«

Edgar ging um den Schreibtisch herum und setzte sich neben Antoine. Er legte ihm eine Hand auf die Schulter, voller Sorge um seinen so lange vertrauten, ihm so nahe stehenden Patienten, seinen Freund.

»Bist du deprimiert? Wo klemmt es denn?« fragte er beunruhigt.

»Alles klemmt, Edgar. Aber mach dir keine Sorgen, ich bin auf der Suche nach einer Lösung. Die beste, scheint mir, ist, daß ich Idiot werde.«

»Was?«

»Kannst du mir einen Gefallen tun? Beschreib mich doch mal. Wenn du jemandem von mir erzählen wolltest, was würdest du ihm dann sagen?«

»Keine Ahnung ... Daß du brillant bist, intelligent, kultiviert, eigenartig im Doppelsinn des Wortes, sympathisch, lustig, ein bißchen zu zerstreut und unentschlossen, unruhig ...«

Während der Kinderarzt alle Eigenschaften aufzählte, die seinen Freund auszeichneten, verdüsterte sich Antoines Gesicht, als würde es sich hier um die Auflistung schwerer Krankheiten handeln, an denen er litt.

»Das ist doch alles unendlich schmeichelhaft oder zumindest sollte es das sein, doch mein Leben ist die Hölle. Ich kenne eine Menge völlig idiotischer Leute, unmögliche Typen, vollgestopft mit Gewißheiten und Vorurteilen, perfekte Schwachköpfe ... und die sind glücklich! Ich dagegen bin auf dem besten Weg, ein Magengeschwür zu bekommen, ich habe schon ein paar graue Haare ... So kann ich nicht mehr leben, ich kann einfach nicht mehr. Nach einer gründlichen Studie meines Falles bin ich zu der Überzeugung gelangt, daß meine soziale Inkompetenz von meiner sulfurischen Intelligenz herrührt. Sie läßt mir keine Ruhe, läßt sich nicht bändigen, sie verwandelt mich in ein Geisterhaus, düster, gefährlich, beunruhigend, besessen von meinem gequälten Verstand. Ich verfolge mich selbst.«

»Auch wenn deine Intelligenz die Ursache für dein Problem sein sollte, kann ich nicht tun, was du von mir verlangst. Weil ich Arzt bin, kann ich es nicht. Das ist gegen jede Ethik. Und weil ich dein Freund bin, will ich es nicht.«

»Ich kann das Denken nicht mehr länger ertragen, Ed, du mußt mir helfen. Mein Gehirn läuft Tag und Nacht einen Marathon, pausenlos, wie in einem Hamsterrad.«

»Tut mir leid, aber ich kann's nicht. Ich verstehe dich nicht: Du bist phantastisch, originell, du bist dir über dein Glück überhaupt nicht im klaren. Du mußt lernen zu leben, dich zu selbst zu akzeptieren. Für eine Weile, für die Zeit, die du brauchst, um wieder auf die Beine zu kommen und die Zügel in die Hand zu nehmen, werden wir schon eine Lösung finden und dir dein Leben erleichtern.«

»Mein Leben erleichtern hieße, dumm zu werden.«

»Das ist idiotisch.«

»Ich bin also auf dem besten Weg. Kann man nicht wenigstens einen Teil meiner Neuronen herausnehmen? Es gibt doch Organbanken, Blutbanken, Samenbanken, dann muß es doch auch Neuronenbanken geben, oder? Auf diese Weise könnten alle, die zu viele Neuronen haben, denen welche abgeben, die zu wenige haben. Außerdem wäre es eine humanitäre Geste.«

»Nein, so etwas gibt es nicht, Antoine. Tut mir leid.«

»Also, was kann ich tun, Ed? Was soll aus mir werden? Warum bin ich anders? Ich will die Banalität des Lebens, ich will so sein wie die anderen. Nur eine Ameise inmitten anderer Ameisen.«

Während er sprach, bekritzelte Antoine die schematische Querschnittsdarstellung des Gehirns. Er zeichnete Ameisen um die gesamte Abbildung, und dann eine große Ameise, die ihn darstellen sollte.

»Erinnerst du dich an das Buch, das du mir zu meinem zehnten Geburtstag geschenkt hast?«

»Monsieur Rums?«

»Ja, Monsieur Rums. Bei all seinen Abenteuern hat er Pech: Wenn er aus dem Haus geht, regnet es, er stößt sich überall den Kopf an, vergißt den Kuchen im Backofen, verliert alle seine Sachen, verpaßt immer den Bus ... Wieso? Weil er Monsieur Rums ist! Edgar, ich habe das Gefühl, daß ich dabei bin, Monsieur Rums zu werden ... Monsieur Rums bin ich!«

Heiße Tränen liefen über Antoines Gesicht. Edgar nahm ihn in die Arme und klopfte ihm leicht auf die Schulter, was dazu führte, daß Antoine einen langanhaltenden Hustenanfall bekam. Aus einer Schublade nahm Edgar einen Saft, von dem er Antoine zwei Löffel verabreichte, dann bot er ihm einen Riegel Twix an. Antoine biß gierig in den mit Schokolade überzogenen Riegel, seine Augen waren jetzt trocken, und er wurde nach und nach ruhiger.

»Hast du schon einmal daran gedacht, einen Psychologen aufzusuchen?«

»Ich war schon da«, sagte Antoine kraftlos und hob die Hände.

»Und?«

»Er sagt, das alles sei völlig normal: Ich hätte psychisch nichts Pathologisches, keine ... Weißt du, was er mir gesagt hat? ›Genießen Sie das Leben, junger Mann, entspannen Sie sich. Hören Sie auf, sich den Kopf zu zermürben.‹ Welche psychoanalytische Schule hat der wohl besucht, um so etwas sagen zu können? Etwa die Tomjonessche Schule von der Ursache?«

»Also gut. Was ich dir vorschlagen kann«, sagte der Arzt, »ist Heurozack, das kann ich dir geben. Ich bin zwar im allgemeinen gegen diese Art von Medikamenten, aber deine Versuche, dich umzubringen und Alkoholiker zu werden, dein Gesamtzustand, das alles veranlaßt mich, dir dieses Mittel zu verschreiben. Aber es wird deine Probleme nicht lösen, es heilt nicht.«

»Ich will ja nur weniger denken, Ed.«

»Heurozack hat eine beruhigende und antidepressive Wirkung. Das ist genau das, was du brauchst. Aber es ist auch nicht ohne Risiken, und deshalb mußt du jeden Monat vorbeikommen, um ein neues Rezept zu bekommen oder auch nicht.«

»Nicht ohne Risiken? Was heißt das?«

»Die üblichen kleinen Nebenwirkungen der Medikamente: Austrocknen der Schleimhäute, mögliche Schwindelzustände, Mattigkeit ... Und vor allem eine sehr angenehme Abhängigkeit. Du mußt unbedingt den Beipackzettel lesen und dich streng an die Dosierungsanweisung halten.«

»Mit diesem Mittel«, fragte Antoine hoffnungsvoll, »werde ich weniger denken?«

»Du wirst fast so etwas wie ein Zombie werden, das garantiere ich dir. Das Leben wird dir einfacher und schöner vorkommen. Das ist natürlich nicht der Fall, aber dir wird es nicht bewußt sein. Du mußt wissen, das kann nur eine vorübergehende Lösung sein.«

»Das ist sehr gut«, versicherte Antoine schließlich, »du hast recht, lieber nichts Endgültiges. Ich habe mich ein bißchen hinreißen lassen. Ich betrachte das wie eine Boje, verstehst du, es wird mir über eine bestimmte Zeit helfen, danach komme ich dann wieder alleine zurecht.«

Sie tauschten sich noch ein paar Minuten über ihre jeweiligen Familien aus, ihre Freunde und über Filme. Außerdem hatte Antoine immer viele Fragen an Edgar, Fragen, von denen er glaubte, daß sie in Edgars ärztliche Kompetenz fielen: Warum verursachen sprudelnde Getränke ein Rülpsen, warum wachsen Fingernägel, warum niest man, warum bekommt man Schluckauf, warum ist es unangenehm, wenn jemand mit Kreide über eine Tafel kratzt oder mit einer Gabel auf einem

Teller. Nachdem Edgar das Rezept ausgestellt hatte, drückten sie sich freundschaftlich die Hand. Wie üblich, wollte Antoine die Konsultation bezahlen. Wie üblich, lehnte Edgar dies ab. Coralie und Antoine verließen die Praxis.

Sein Appartement befand sich im achten Stock eines alten Gebäudes in Montreuil. Während seiner Gymnasialzeit hatte Antoine – zusammen mit ein paar anderen für körperliche Ertüchtigung nicht zu begeisternde Kameraden – die institutionalisierte Demütigung hinnehmen müssen, immer unter den letzten zu sein, die für eine Fußball- oder Volleyballmannschaft ausgewählt wurden. Er hatte die Vorwürfe und den Spott seiner Kameraden ertragen müssen, für die die Stunden der körperlichen Ertüchtigung nichts mit Lernen zu tun hatten, sondern mit Wettkampf. Antoine hatte jedenfalls keinen Geschmack am Sport entwickelt. Dennoch ärgerte es ihn, daß er aufgrund dieser negativen Erfahrung so unsportlich war und hatte daher beschlossen, ein Appartement in einem oberen Stockwerk zu mieten, was ihn dazu zwang, sich seiner hypothetisch vorhandenen Muskeln zu bedienen. In der Praxis stellte sich das sehr bald als zu anstrengend heraus. Sein Nachbar im siebten Stock aber hatte einen Meistertitel im Catchen, war sehr freundlich und hieß Vlad. Und weil er ständig Gewichte heben und trainieren mußte, schlug er Antoine vor, ihn bis an seine Wohnungstür zu tragen. Und seither versuchte Antoine, immer zur selben Zeit wie er unten an der Treppe zu sein, damit Vlad ihn auf den Schultern bis in den siebten Stock tragen konnte. Vlad war der Meinung, Antoine sei nicht schwerer als ein Handtuch, was völlig in Ordnung war, solange er nicht versuchte, sich nach dem Duschen mit ihm abzutrocknen ... Vlad war einen Meter achtzig groß und wog um die einhundertzwanzig Kilo. Er war so stark, daß er Antoine sogar einmal auf seiner Schulter vergessen hatte, in seine Wohnung gegangen war und begonnen hatte, das Abendessen vorzubereiten.

Antoines Appartement war nicht besonders chic, es war vielmehr ziemlich heruntergekommen: Heizkörper, Isolierung, Installationen, Elektrizität, einfach nichts funktionierte richtig. Und trotzdem war es wesentlich teurer, als Antoines

Mittel es erlaubten. Anfangs konnte er die Miete durch Wohngeldbeihilfen für Studenten und durch seine Übersetzungsarbeit an der Suche nach der verlorenen Zeit ins Aramäische aufbringen. Doch nachdem das Projekt infolge der völlig überraschenden Pleite des Verlegers aufgegeben worden war, waren seine Finanzen im Keller. Angesichts des Todesröchelns seines Portemonnaies hatte er sich ein Finanz-Hospital ausgedacht, in dem man anämische Bankkonten an den Tropf hängen konnte. Er hatte sogar mit dem Direktor seiner Bank darüber gesprochen, doch der schien die Bank als Privatklinik zu betrachten.

Bemüht um eine Klassifizierung der Menschheit, hatte Antoine eine Universal-Tabelle aufgestellt, in welcher der Grad des Reichtums an einem Standard von Socken gemessen wurde. Kategorie eins: Die Ärmsten, das sind die, die gar keine Socken besitzen; Kategorie zwei: Die mittelmäßig Armen, das sind die, die Löcher in den Socken haben; Kategorie drei: Die Reichen, das sind die, die keine Löcher in den Socken haben. Antoine gehörte zur Kategorie zwei. Seine Einkünfte setzten sich vor allem aus seinen Vertretungen als Lehrbeauftragter an der Universität Paris V zusammen, was je nach Monat zwischen eintausend und zweitausend Francs ausmachte. Dazu kam noch die staatliche Beihilfe zur beruflichen Eingliederung, die ihm aber aufgrund einer Verwechslung seines Vornamens völlig illegal zuteil wurde: Auf den Dokumenten der Universität war er Antoine Arakan, wohingegen er bei der Arbeitslosenversicherung unter seinem burmesischen Vornamen Sawlu registriert war, den er aber im täglichen Leben nie benutzt hatte. Darüber hinaus verdiente er von Zeit zu Zeit etwas Schwarzgeld. So hatte er kürzlich die Schreie einer Giraffenfamilie in einer Tierdokumentation synchronisiert, dessen Tonspur verschwunden war. Aus der Bretagne schickten seine

Eltern ihm ein bißchen Geld und Pakete mit Nahrungsmitteln. Diese enthielten eine erstaunliche, wohlschmeckende Mischung asiatischer und bretonischer Spezialitäten. Allmonatlich erreichte ihn eine schwere Kühltasche, welche kleine Frühlingsrollen mit Fisch und Venusmuscheln enthielt, große Frühlingsrollen mit Seegras, Ravioli mit Jakobsmuscheln, Plätzchen aus Buchweizenmehl mit Nuoc-Mâm, flambiert und gefüllt mit Puffreis ... Sein Freund Ganja half ihm ebenfalls und würde ihm noch weiter geholfen haben, wenn Antoine es nicht abgelehnt hätte, ausgehalten zu werden.

Antoine lebte jeden Monat mit einem Betrag, der unterhalb des Mindesteinkommens lag. Trotzdem blieb er in seinem Appartement. Wie? Er zahlte keine Miete mehr. Warum? Weil der Eigentümer, Monsieur Brallaire, an Alzheimer erkrankt war.

Antoine war allerdings nicht völlig sicher, ob es wirklich Alzheimer war. Jedenfalls erinnerte sich Monsieur Brallaire an nichts. Anfang September mußte Antoine ihn für weitere Untersuchungen ins Krankenhaus begleiten. Monsieur Brallaire hatte keine Familie, daher kümmerte sich Antoine um ihn. Und es war reiner Zufall, daß er auf Monsieur Brallaires Gedächtnisschwund aufmerksam wurde. Antoine konnte ihm die Miete nicht jeden Monat zahlen, daher ging er ihm aus dem Weg und versuchte, so unsichtbar wie möglich zu sein. Eines Tages jedoch erwischte ihn Monsieur Brallaire und Antoine erwartete, nun endgültig hinausgeworfen zu werden. Aber Monsieur Brallaires leere Augen starrten ihn an, er packte ihn am Arm und flüsterte:

»Wohnen Sie hier?«

»Ja, Monsieur. Im achten. Ich muß mich entschuldigen, in diesem Monat ... habe ich Schwierigkeiten ... ich habe vergessen ...«

»Sie haben etwas vergessen?« fragte Monsieur Brallaire mit naiver, verwunderter Aufmerksamkeit.

Normalerweise trieb Monsieur Brallaire die Miete am ersten Tag des Monats ein. Punkt sieben Uhr morgens mußte der Umschlag unter seiner Türe durchgeschoben werden. Es reichte völlig, daß Antoine sich nur um wenige Stunden verspätete, und schon trommelte Monsieur Brallaire gegen seine Tür und drohte mit dem Gerichtsvollzieher.

»Ehhh, nein«, antwortete Antoine schweißgebadet. »Ich habe vergessen, Ihnen Guten Tag zu sagen. Guten Tag ...«

»Guten Tag«, flüsterte Monsieur Brallaire. »Sie wohnen in diesem Haus?«

»Ja, Monsieur. Im achten.«

Die Angelegenheit wurde an diesem Punkt zu einer Gewissensfrage. Antoine konnte die Krankheit von Monsieur Brallaire einfach hinnehmen und weiter sein Appartement bewohnen. Oder er konnte sich um diesen früher einmal so bärbeißigen Besitzer kümmern, der immer mürrisch und unnachsichtig gewesen war. Doch er ließ sich von seiner angeborenen Großherzigkeit hinreißen. Antoine dachte traurig, daß er seinen Egoismus und seine moralische Verkommenheit stählen müsse, wenn er in dieser Welt überleben wollte.

Er brachte seinen Vermieter zum Arzt. Der hielt sich jedoch mit seiner Diagnose zurück: Man brauche Zeit und eine ganze Reihe von Untersuchungen, um Monsieur Brallaires Krankheit mit Sicherheit feststellen zu können.

»Hat er Aussichten, wieder gesund zu werden?«

»Schwer zu sagen«, antwortete der Arzt. »Sein Gedächtnis ist zerfetzt. Sie müssen auf ihn aufpassen. Er hat seinen Kopf zwar noch, aber er ist nicht in der Lage, sich an kurz Zurückliegendes zu erinnern.«

Antoine kümmerte sich um ihn wie um einen alten Onkel. Er brachte ihn wieder in sein Appartement zurück, wenn er sich auf den Flur hinaus verirrt hatte, und steckte ihm eine Karte ins Portemonnaie, auf der er seine Adresse notiert hatte. Er machte Besorgungen, sammelte das Geld der anderen Mieter ein und überwies es auf das Bankkonto des alten Herrn.

Monsieur Brallaire hatte ab und an auch lichte Augenblicke, in denen er sich an gewisse Dinge erinnerte, insbesondere daran, daß Antoine keine Miete mehr zahlte. Aber das dauerte nie lange. Antoine hatte einen Artikel in Le Monde über den Fortschritt der pharmakologischen Forschungen hinsichtlich der degenerativen Gehirnerkrankungen wie Parkinson und Alzheimer gelesen ... Manchmal war er richtig glücklich für Monsieur Brallaire und dann wieder voller Angst, daß dieser wissenschaftliche Fortschritt eines Tages zu seinem Rausschmiß führen könnte. Die Gelehrten sind sich nicht im klaren über die Auswirkungen ihrer Entdeckungen, die außerhalb der Medizin liegen. Wenn man am Ende die Krankheit seines Hausbesitzers heilen konnte, würde Antoine nicht auf seine Dankbarkeit zählen dürfen: In seinen Rechnungsbüchern würde der alte Herr zwar alle nicht gezahlten Mieten feststellen können, jedoch keinerlei Erinnerung an die von Antoine geleistete Hilfe haben.

Am Tag nach dem Arztbesuch bei Edgar, am Donnerstag, dem 25. Juli, begann Antoine mit der Einnahme von Heurozack, das ihn vor seinem eigenen Verstand schützen sollte. Die Dosierungsanweisung sprach von einer Tablette pro Tag. Antoine erhöhte sie gleich aufs Doppelte. Er wünschte sich eine spürbare und schnelle Wirkung und nicht einen oberflächlichen Balsam. Die Wirkung stellte sich nach ein paar Tagen ein und gab ihm gerade soviel Zeit, wie notwendig war, um sich in aller Arglosigkeit auf ein neues Leben vorzubereiten.

Erste Etappe. Er schickte einen Kündigungsbrief an die Universität Paris V. René-Descartes. Seit zwei Jahren gab er einen alle zwei Wochen stattfindenden Lehrgang von jeweils anderthalb Stunden über »Die Apocoloquintose des göttlichen Claudius« (das heißt »Verwandlung in einen Kürbis«), ein satirisches Bühnenstück von Seneca. Außerdem sprang er gelegentlich als Vertretung in Fächern ein, in denen er einige solide Kenntnisse besaß: darunter Biologie, Schmetterlinge und Falter, Aramäische Rhetorik, Film. Seine Fachkenntnisse umfaßten zwar eine ganze Reihe von Fächern, so daß er einen krank gewordenen Professor ohne weiteres ersetzen konnte, allerdings waren sie zu lückenhaft, um ein Universitätsfach wirklich zu beherrschen und einen Vertrag in Aussicht zu stellen.

Zweite Etappe. Er entledigte sich all jener Dinge, die ihn der Gefahr aussetzten, seinen Geist zu sehr zu stimulieren. Er packte seine Bücher in Kartons, Hunderte von Romanen, theoretischen Werken, Wörterbüchern und Lexika, dazu seine CDs, seine kiloschweren Mitschriften und Materialien, seine naturwissenschaftlichen, historischen, literarischen Zeitschriften ... Er befreite die Wände seines Appartements von Filmplakaten, von den Postern seiner Helden, den Reproduktionen von Rembrandt-, Schiele-, Edward-Hopper- und Miyazaki-Gemälden. As, Charlotte, Vlad und Ganja halfen ihm, seine Kartons zu Rodolphe zu transportieren, der sich ein Vergnügen daraus machte, diese kulturellen Schätze vorläufig, wie Antoine sagte, zu bergen.

Dritte Etappe. Als sein Appartement leer war, fragte sich Antoine, wie er nur so viel auf einem so engen Raum hatte einlagern können. Jetzt ging es darum, ihn mit harmlosen Dingen auszustatten, die seinen Geist in Frieden ließen. Nach einigen in dieser Sache unternommenen Ausflügen zu Nachbarn, deren hervorragenden Immunschutz gegen die Intelligenz er außerordentlich schätzte, wußte er, wie der vollkommene Rahmen für sein neues Leben aussehen sollte. Ein benachbartes Paar, bestehend aus einem Professor, der Alain hieß, und einer Journalistin mit Namen Isabelle, schien ihm das erbauliche Beispiel für ein Leben zu sein, das jeglicher Form von Intelligenz entsagte. Er hatte die beiden schon geraume Zeit beobachtet und im Grunde seines Herzens bewundert: Sie standen so voll im Leben, verfügten so souverän über alle Schattierungen einer schillernden Dummheit, einer reinen Idiotie voller Unschuld, glücklich und vollkommen, einer für sie und ihre Umgebung angenehmen Idiotie, die nicht im entferntesten böse oder gefährlich war. Mit ernster Betroffenheit, mit absolut charmanter Naivität berieten Alain und Isabelle ihn bei der Einrichtung seines Appartements. Er fand ein altes Fernsehgerät, das er als beherrschendes Symbol seines Vorsatzes in der Mitte des Zimmers aufstellte. Mit Tesafilm befestigte er an den Wänden Poster vom König der Löwen, mit Sportwagen und jungen Frauen von sinnlicher Üppigkeit, Photos mit Schauspielern und Schauspielerinnen, die sich als Universalgenies inszenierten, und Bilder von unsterblichen Intellektuellen wie Alain Minc und Alain Finkielkraut. Zuerst schockierte ihn das, er fühlte sich unwohl in einer derart sterilen Umgebung. Doch beruhigte er sich selbst, indem er sich sagte, daß ihm dank der Chemie von Heurozack all das schon bald wunderbar erscheinen würde. Alain und Isabelle empfahlen ihm CDs, die seine synaptische Ruhe nicht gefährdeten, zeitgenössische Musik mit elektronischen Hammerschlägen auf zusammengepreßte Klaviere nebst Alben mit internationaler Folklore.

Am Ende erschien ihm die neugestaltete Wohnung vollkommen unschädlich für sein erschlaffendes Gehirn. Gleichwohl wußte Antoine, obgleich die Außenwelt den ähnlichen Tendenzen folgte, daß er sich nicht der Hoffnung hingeben durfte, die spärlichen kulturellen und intellektuellen Gefahren völlig aus der Gesellschaft ausmerzen zu können.

Antoine lud Charlotte, Ganja, As und Rodolphe zu einem isländischen Imbiß im neuen Dekor ein. Der Tisch war bedeckt mit nordischen Delikatessen: Buttertee, Loukoum aus Pinguin, Seehundfettkrapfen mit Kräuterfüllung ... Antoine bekräftigte noch einmal seine Entscheidung, Idiot zu werden, wenigstens für eine gewisse Zeit, um zu versuchen, sein hochkonzentriertes Bewußtsein zu verdünnen. Und weil sie diesen Plan für das geringere Übel hielten, sicherten ihm seine Freunde, obzwar bedauernd, ihre Unterstützung zu. Antoine bat sie, ihn nicht durch Unterhaltungen über große Themen zu provozieren, sondern von nun an über dieses und jenes zu plaudern, über das Wetter, über nichtssagende, unbedeutende Dinge, die er bis dato vernachlässigt hatte.

»Also«, sagte Ganja, »ich vermute mal, daß unsere Schachpartien jetzt der Vergangenheit angehören.«

»Für den Augenblick schon. Aber ich mache dir den Vorschlag, sie durch ein anderes Spiel zu ersetzen, auf das ich durch meine Nachbarn gestoßen bin. Es heißt Monopoly. Das Ziel dieses Spiels ist ganz einfach: Man muß Geld verdienen, geschickt sein und sich genauso verhalten wie ein blöder Kapitalist. Das ist faszinierend. Ein Vorzug dieses Spiels ist, daß es mich lehrt, was Liberalismus ist, und mich vielleicht sogar auf spielerische Art zu ihm bekehren wird. Ich werde dadurch zum Anhänger von etwas, was ich heute noch verurteile, ohne mir unnötige Sorgen über die Folgen und über die viel zu hohen Mieten zu machen, die so viele Familien einfach auf die Straße setzen. Ich werde ein richtiger Pfennigfuchser, ein Egoist, mit keiner anderen Sorge als das Geld, mit keiner anderen Qual und keiner anderen existentiellen Frage als der, wie ich möglichst viel Kapital dabei herausschlagen kann.«

»Da riskierst du aber, ein richtiges Arschloch zu werden«, meinte Charlotte.

»Ein richtiges Arschloch zu werden, das ist doch eine gute Therapie meines Leidens: Ein Arschloch werden, das ist die Chemotherapie für meine Intelligenz. Es birgt ein Risiko, das ich ohne weiteres eingehe. Aber wenn ihr in sechs Monaten seht, daß ich mich ein bißchen zu gut entfalte, ich meine als ... richtiges Arschloch, dann greift ein. Mein Ziel ist es ja nicht, ein Idiot und Raffer zu werden, sondern die Moleküle frei durch meinen Organismus fließen zu lassen, um meinen allzu schmerzlichen Verstand zu reinigen. Aber greift bloß nicht ein, bevor die sechs Monate vorüber sind.«

As sagte Antoine in einem wunderbaren Sonett, er würde Gefahr laufen, seine Persönlichkeit zu verlieren und an den Giften zugrunde zu gehen, die er in sich eindringen lasse.

»Das ist zweifellos eine reale Gefahr. Zumal das Idiotsein viel mehr Freude macht, als unter dem Joch der Intelligenz zu leben. Man ist doch viel glücklicher, das ist sicher. Ich muß mich endlich nicht mehr darum kümmern, ob irgendein Schwachsinn Bedeutung hat, sondern nur noch um die heilenden Substanzen, die als Spurenelemente darin herumschwimmen: das Glück, ein gewisser Abstand, die Gabe, nicht mehr an meiner Empathie zu leiden, eine Leichtigkeit des Lebens, des Geistes. Eine Unbekümmertheit!«

»Ich verstehe«, mischte sich Rodolphe ein. »Das nenne ich die Haifischtheorie. Wie das Kurare oder die phallusähnlichen Knollenblätterpilze ist der Haifisch von todbringender Gefährlichkeit, und trotzdem findet man in seinem Gewebe chemische Substanzen, aus denen man Medikamente zur Krebsbehandlung herstellt und somit Leben rettet. Und, wenn du wirklich ein Idiot wirst, kannst du endlich einmal den Beweis für eine verblüffende Intelligenz liefern. Haltet ihr mich jetzt für perfide?«

»Das ist auch das Prinzip einer Impfung«, fuhr Charlotte fort. »Vielleicht gelingt es dir, dich zu heilen und immun zu werden.«

»Wenn ich daran nicht zugrunde gehe«, sagte Antoine und strich sich lächelnd mit der Hand über den Nacken. Er zeigte Anzeichen einer gewissen Beunruhigung.

»Oder wenn du nicht ein für allemal Idiot geworden bist«, sagte Charlotte. »Was ja noch schlimmer wäre als der Tod.«

In seiner verzweifelten Naivität begriff Antoine die Idiotie als unendliches Universum, das seinem Leben einen von allen Widerständen befreiten Raum bieten würde: Er würde zwischen Sternen und Planeten herumschweben, entsprechend der Ellipsenbahn seines Menschenschlags.

Das große Problem bestand für Antoine darin, die wunderbaren Adern zu finden, die inmitten von Felsgestein und Erz die Diamanten der Idiotie bargen. Mit dem Finger auf einen Trottel zu zeigen, die allgemein anzutreffende Blödheit, das alles wäre einfach, aber meistens ist es ja ein verstecktes Werturteil. Wenn man sagen würde, der Fußball, die Ratespiele im Fernsehen, die Medien seien eigentlich idiotisch, wäre das leicht. Doch für Antoine war es klar, daß die Idiotie mehr in der Art lag, wie man Dinge durchführte oder sie betrachtete, als in den Dingen selbst. Und gerade, weil es idiotisch war, Vorurteile zu haben, befand Antoine, dies sei ein guter Anfang für sein neues Leben.

Heurozack begann zu wirken. Antoine war entspannter, Zweifel und Angst waren von ihm gewichen. Die Alchimie, die sich in seinem Gehirn zu schaffen machte, und sein Nervensystem verwandelten die bleierne Realität in einen goldenen, farbigen Glitterpuder.

Bisher hatten ihn alle möglichen Fragen, alle möglichen Prinzipien, die seinen Verstand durcheinanderbrachten, daran gehindert, sein Leben zu leben. So pflegte er beispielsweise die Herkunft aller Kleidungsstücke, die er kaufte, zu überprüfen, um sich keinesfalls an der Ausbeutung von Kindern in den asiatischen Fabriken von Nike und der anderen Multinationalen zu beteiligen. Und weil die Werbung pausenlos Anschläge auf die Freiheit verübte, einen subtilen Staatsstreich gegen den Verbraucher, gegen seine Vorstellungskraft und sein Unterbewußtsein, hatte er ein Heft mit den Namen sämtlicher Marken angelegt, die an diesem psychologischen Krieg teilnahmen, und sie von seiner Einkaufsliste gestrichen. Ebenso führte er eine Liste mit allen Unternehmen, die in nichtdemokratischen Ländern in moralisch verwerfliche, umweltschädigende Aktivitäten investierten oder Arbeiter entließen, sobald ihre Gewinne kletterten. Er kaufte auch keine chemische Nahrung, keine Produkte, die Konservierungsmittel, Farbstoffe oder Antioxydierungsmittel enthielten, und bevorzugte, sofern seine finanziellen Mittel es zuließen, Produkte aus ökologischem Anbau. Und das nicht etwa, weil er umweltbewußt, pazifistisch, internationalistisch war, sondern einfach, weil er seinem kompromißlosen Gewissen folgte. Sein alltägliches Verhalten war eher das Ergebnis moralischer Vorstellungen gewesen als das politischer Überzeugungen. Hierin zeigte Antoine deutliche Züge eines Märtyrers der Konsumgesellschaft.

Andererseits sah er durchaus klar, wie sehr seine unnachgiebige Haltung der christlichen Kasteiung glich. Das machte ihn verlegen, denn er war Atheist, aber er konnte nicht anders handeln als in dieser Art eines Laien-Christus und Apostaten. Beim Versuch, nichts vor sich selbst zu verbergen, hatte Antoine sich gesagt, daß dieser schmerzliche, ja doloristische Rigorismus möglicherweise seine Art war, mit der Schuld umzugehen, die er als »westlicher Ausbeuter der dritten Welt« auf sich geladen hatte. Wie jeder abstinente Kanzleischreibergehülfe hatte er einigermaßen strenge Grundsätze: Er weigerte sich, in die Falle der neuen Technologien zu tappen, die den Verbraucher zwingen, sich in regelmäßigen Abständen mit dem letzten Schrei des Fortschritts einzudecken. So warf er die CDs weg und begnügte sich sehr zu Recht mit der hervorragenden Qualität der Langspielplatten und seines alten Plattenspielers.

Doch das Verhalten eines verantwortungsbewußten, humanistischen Verbrauchers hatte unglücklicherweise auch seinen Preis. Antoine bezahlte alles wesentlich teurer. Das Ergebnis seiner Moral und seines geschärften Verantwortungsgefühls war, daß er nur die nötigsten Kleidungsstücke besaß und oft Hunger litt. Doch er beklagte sich nie.

Unter der chemischen Sonne von Heurozack entdeckte Antoine nun endlich die Welt. Er nahm sie ganz neu wahr. Vorher waren die Landschaften, die Luft, die Straßen, die Menschen, die gesamte Wirklichkeit von der Gewalttätigkeit der Kriege überlagert gewesen, von Arbeitslosigkeit und schlimmen Krankheiten, vom täglichen Unglück des Großteils der Menschen. Er konnte die Sonne nicht genießen, ohne an die Menschen in Afrika zu denken, für die diese flammende Majestät ein Synonym für verbrannte Ernten und Hunger war. Er konnte den Regen nicht wertschätzen, weil er um die Toten und die Zerstörungen wußte, die der Monsun in Asien mit sich brachte. Wenn er den Strom der Autos betrachtete, drängten sich seinem mitfühlenden Verstand Bilder Tausender Toter und Verwundeter auf den Straßen auf. Die Schlagzeilen der Zeitungen mit ihren Litaneien von Katastrophen, Morden und Ungerechtigkeiten waren es, die seinen Himmel kolorierten, sie bestimmten die Temperatur seiner Tage, die Qualität der Luft, die er atmete.

Seitdem er seine kleinen roten Pillen schluckte, war eine erlösende Undurchdringlichkeit zwischen der Welt und ihren tiefgreifenden Folgen entstanden.

Er bekümmerte sich jetzt nicht mehr um die bedrohten Arten, wurde nicht mehr vom Elend der Welt, von den Attentaten, den Kriegen, den gesellschaftlichen Ungerechtigkeiten, deren Opfer er ja auch selber war, berührt. Nein, er war Realist geworden. Er fand die Armut zwar entsetzlich, ebenso Gewalt jeglicher Art, das war wirklich furchtbar, aber ... hehhh! Was konnte er denn schon machen? Er verfügte schließlich nicht über die Mittel, um alleine irgend etwas zu verändern. An die Stelle seiner schmerzvollen Empathie war aufrichtige Sympathie getreten.

Antoine ging spazieren und empfand schlichte Freude dabei, nur herumzuschauen, einfach herumzuschauen, er spürte ein vibrierendes Vergnügen, wenn er feststellte, daß sein Herz schlug und daß er atmete. Er sog die Morgenluft im Park von Montreuil ein, die großen Augen weit geschlossen vor der Wirklichkeit der Welt; er bewunderte die Rotkehlchen, ohne daß ihm der aufgrund der Umweltverschmutzung schwindelnde Niedergang ihrer Langlebigkeit ins Bewußtsein kam. Er schaute den jungen Mädchen in ihren Sommerkleidern nach, ohne sich zu fragen, ob sie wohl Bücher in ihren Taschen trugen; er gewahrte die Welt in ihrer einfachsten Form, als würde sie sich, ohne daß er in die Ferne schweifen mußte, darbieten und er ihre selbstverständlichen Freuden in Anspruch nehmen können.

Weil er sich wie ein ganz normales Individuum verhalten wollte, lud Antoine seine Nachbarn zum Abendessen ein, sah sich jedwedes Spiel mit ihnen an und begeisterte sich für die Geschäftsleute in Turnhosen. Er, der viel zuviel gezweifelt hatte, versuchte nun, einseitige Urteile zu fällen und die Vorlieben der anderen niederzumachen. Er war auf dem besten Wege, sich ganz allmählich in der Normalität einzurichten, als er beschloß, sich der höchsten Prüfung zu unterziehen, die seine gelungene Integration beweisen sollte: bei McDonald's. Nie zuvor wäre ihm auch nur der Gedanke gekommen, in diese Höhle des imperialistischen Kapitalismus, dieses Dealers mit Fettmachern und Zucker, dieses Symbols der Uniformierung von Lebensweisen einzudringen. Aber inzwischen war er ja ein anderer geworden.

Er suchte sich den McDonald's von Montreuil aus, der sich nur wenige Minuten entfernt befand. Während seiner früheren Existenz – das war nun schon die Ewigkeit von vier Monaten her – hatte Antoine sich gesagt, daß er, wäre er nicht prinzipiell gegen jede Form von Gewalt, gerne eine Bombe in dieses Etablissement geworfen hätte. Aber dann hatte er sich gleich vor Augen gehalten, daß dort ausgebeutete Studenten und Angestellte arbeiteten, und es ungerecht wäre, sie zu verletzen und überdies zu Arbeitslosen zu machen.

Das Gebäude war geräumig und hoch und farbenfroh, Plakate luden dazu ein, das Leben leicht und zu einem erträglichen Preis anzugehen. Ein großes M zierte die Wand des Fast-

Food-Restaurants. An der Eingangstür hieß ihn ein sympathischer Plastikclown mit erhobener Hand und einem spontanen Lachen willkommen. Antoine trat ein und grüßte mit einem leichten Nicken die beiden Wachmänner, die ganz zweifelsfrei da waren, um die Kunden vor den schlagkräftigen Gangs von Pommesdieben zu schützen. Er kam zur Theke:

»Bonjour!« sagte er zu der jungen Frau, die da vor ihm stand.

»Was wollen Sie?«

Antoine war verzaubert von dieser Ökonomie der Beziehung: Es war gar nicht mehr nötig, eine mechanische Höflichkeitsfloskel von sich zu geben. Daher enthielt er sich ihrer. Das war letztlich auch viel freier, viel ehrlicher. Er betrachtete die Liste mit den Menüs.

»Best of McDeluxe«, entzifferte er auf der Leuchttafel, die mit dem Versprechen lockte, daß man für zweiunddreißig Francs ein Gericht bekam, das das Wort »Luxe« in seinem Namen enthielt.

»Trinken?«

»Oh, ja, sicher. Super.«

»Was wollen Sie trinken?« fragte die junge Frau leicht gereizt.

»Eine Cola, ja, probieren wir's doch mal mit Cola.«

Entsprechend den Sitten und Gebräuchen dieses neuen Umfelds, enthielt er sich geistesgegenwärtig jeglichen Dankes. Er setzte sich an einen der beigefarbenen Tische und begann, seine Pommes zu verspeisen und seinen Drittel Liter brauner, sprudelnder Flüssigkeit zu sich zu nehmen. Neugierig beäugte er eine Fritte, tunkte sie in ein Gemisch aus Ketchup, Senf und Mayonnaise und biß entschlossen hinein. Noch ein paar Tage würde er wohl nicht umhin können darüber nachzudenken, selbst wenn er einfach nur in eine Fritte biß, er würde an die blutige Geschichte der Kartoffel denken müssen, an die Menschenopfer, die die aztekische Kultur in ihrem

Namen vollzog. Daß diese schlichte Knolle so viele Tote auf dem Gewissen hatte, würde ihn ganz ohne Frage daran hindern, sie in vollem Umfang zu genießen. Ungeschickt schlug er seine Zähne in den Mac. Ein Teil des zähflüssigen Belags fiel auf seinen Teller. Er mußte zugeben, daß er das Ganze mochte. Sicher war das weder gesund noch die Verpackung umweltfreundlich, aber es war einfach, billig, sehr kalorienreich und von beruhigendem Geschmack. Der Geschmack erfüllte ihn mit der wohligen Ahnung, zu einer grenzenlosen Familie zu gehören, sich zu Millionen von Menschen zu gesellen, die in eben diesem Augenblick in einen Hamburger von genau der gleichen Art bissen. Wie in einer Länder und Kontinente übergreifenden Choreographie vollzog er die gleichen Bewegungen beim Kauf, beim Transport des Tabletts, beim Schlürfen der Cola und beim Knabbern der Pommes und des Hamburgers wie all die anderen tanzenden Verbraucher in den ungezählten identischen Tempeln weltweit. Er empfand ein tiefes Behagen, eine wärmende Zuversicht und eine neue Kraft, nun, da er endlich so war wie die anderen, Teil des Großen und Ganzen.

Antoine hatte niemals Wert auf sein Äußeres gelegt. Er besaß einige solide Kleidungsstücke, die Zeit hatten zu verschleißen, verfügte aber weder über die Mittel noch über die Neigung, sich neue Sachen zu kaufen. Sein Lieblingsladen war der Secondhandshop Guerrishold auf dem Boulevard de Rochechouart. Und seine »Frisur« war das Ergebnis eines schlichten Angriffs mit der Haarschneidemaschine, den Ganja alle zwei Monate auf ihn verübte.

Nun aber bat er einen Friseur, ihm einen Haarschnitt zu »machen«. In einem Kaufhaus kopierte wenig später er die Auswahl eines jungen Mannes, der sich verhielt, als hätte er einen sicheren Geschmack, und kümmerte sich nicht darum, ob die Kleidungsstücke, die er wählte, von Kindern hergestellt worden waren. Er kaufte ein Paar Nike, eine Levi's Jeans und ein Adidas Sweatshirt. Das sollte seine Freizeitkleidung sein. Danach stattete er den Galeries Lafayette einen Besuch ab, was vor einiger Zeit noch ein unvorstellbares Verbrechen gewesen wäre. Er drang beherzt in diesen Hühnerhof der Bourgeoisie ein, der nach Moschus duftete und nach gesellschaftlicher Überlegenheit. Auf den Rat eines Verkäufers hin, der jedes seiner Worte auf Pantoffeln dahingleiten ließ, kaufte er eine Hose aus Tuch, ein Hemd und ein Jackett, alles durchaus elegant, »und trotzdem ganz super cooool, das sag' ich Ihnen ...«

Zum Abschluß seines Tages gönnte er sich ein paar Videospiele in einer besonderen Videothek. Oh, er wählte natürlich keins dieser intellektuellen Spiele aus, in denen es darum geht, Gegenstände zu finden oder Rätsel zu lösen, nein, er brachte Ungeheuer um, die aus den Tiefen des Alls gekommen waren. Da konnte er sich austoben, es nahm die Spannung eines Tages von ihm, von dem er hoffte, daß er von nun an typisch sein würde. Es machte ihm sogar Spaß, diese Aliens auszulöschen. Er war so sehr in diesen Kampf versponnen und nahm so sehr Anteil daran, daß er überzeugt war, die Zukunft der Menschheit hinge wirklich von der Schnelligkeit seiner Faust und der Genauigkeit seiner Finger ab. Endlich war er ein Held.

Charlotte rief ihn an. Sie hatte sich wieder einmal künstlich befruchten lassen und wollte, daß er sie auf einen Jahrmarkt begleitete. Sie redeten über dieses und jenes, so als wäre das gar nichts, über den Sommer, der in diesem Jahr so spät begonnen hatte, über die Regierung, die so unfähig war, über das Leben, das so schön war. Irgendwann versuchte Charlotte, mit ihm über ihre Arbeit in der Gruppe zu sprechen, die es sich zur Aufgabe gemacht hatte, das Gesamtwerk von Christopher Marlowe zu übersetzen. Gegen Ende der zweiten Tour mit der Achterbahn in diesem sonnenstrahlenden Glück übergab sich Antoine in luftiger Höhe. Die beiden noch nicht verdauten roten Pillen fielen mitten hinein in einen Brei aus Fritten und Ketchup. Er spülte sich den Mund aus und nahm zwei neue Pillen. Sie trennten sich ohne weitere Verabredung.

Als er an einem Zeitungskiosk die Titelblätter der Frauenzeitschriften betrachtete, die lockeren Männermagazine, die Werbungen für männliche Parfums und Schönheitsmittel, die Schauspieler, die als Sexsymbole galten, wurde Antoine klar, daß er dem Bild des Idealmannes nicht entsprach. Eine Ausgabe der Illustrierten Elle enthielt eine Untersuchung über die Eigenschaften, die Frauen zum Träumen bringen, und ein bißchen enttäuscht stellte er fest, daß er keine davon besaß. Vor einiger Zeit noch hätte er sich darüber aufgeregt und darauf hingewiesen, daß dies das verachtenswerte Gegenstück zu entsprechenden Männerphantasien sei und daß seine Qualitäten wesentlich tiefer waren. Doch unter dem Einfluß der roten Pillen empfand er es als echtes Defizit, solches Begehren nicht unmittelbar hervorzurufen. Um der Traumvorstellung auf Hochglanzpapier zu entsprechen, wurde er Mitglied in einem großen Fitneß-Studio, das hell und modern und mit exotischen Pflanzen geschmückt war. Er hoffte, auf diese Weise die Traumfigur seiner Epoche zu erlangen und zu einem eigenen Sexualleben vorzustoßen.

Täglich eine Stunde lang hob er Gewichte mit seinen Beinen, seinen Armen und seinen Schultern, wiederholte eine ganze Reihe von Bewegungen unzählige Male. Vor Erschöpfung vergaß Antoine sich in seiner Anstrengung selbst. Der Schmerz, der Schweiß, der rhythmische Klang der scheppernden Gewichte an den verschiedenen Geräten verwandelten ihn in einen Mechanismus, in ein Rädchen in diesem Saal menschlicher Maschinen, die sich in eiserne Maschinen eingezwängt hatten.

Die Ernsthaftigkeit der anderen Mitglieder in diesem Saal überzeugte Antoine von der Wichtigkeit seines Tuns. Die aufdringliche, hypnotisierende Musik gab den Takt für die Ruderschläge der Muskelsklaven auf den Galeeren vor. Niemand sah den anderen direkt an, es herrschte allgemein eine Art Scham, die Scham, nicht von Natur aus mit einem tadellosen Körper ausgestattet zu sein und der Verpflichtung zu unterliegen, sich mit dieser schweißtreibenden Operation selbst zu fabrizieren.

Antoines Körper bekam die glatte, feste Materie von Industrieobjekten. Klare Linien traten an die Stelle der weichen Linien seines früheren Körpers. Konturen zeichneten sich auf seinem Bauch ab, schließlich ein Waschbrett. Er wurde stärker, und wenn er auch mit dieser neuen Kraft nichts anzufangen wußte, war er doch glücklich zu sehen, daß sich sein weiches Fleisch in Stahl verwandelte. Er bewunderte seine wachsenden Muskeln wie die Stigmata seiner Normalität, die sichtbaren Symbole seiner Angepaßtheit an ein gängiges Schönheitsideal. Er war stark, er war jemand, ihm wurde bewußt, in welchem Maße er bisher, schmächtig und schwach, beinahe niemand gewesen war. Wie ein Legostein paßte sich sein Körper vollkommen in die Anerkennung der Welt ein. Er hatte inzwischen die gleichen fließenden Bewegungen wie die Haie im Wasser, nichts behinderte ihn mehr. Seine physische Verwandlung folgte seiner psychischen. Weder sein Geist noch sein Körper schmerzten ihn mehr, es war, als würde er endlich zu dieser erstaunlichen Spezies von Fischen gehören, die keine Angst haben zu ertrinken. Er bemerkte nicht einmal, daß seine kleine und kostbare Schüchternheit aus seinem Herzen aufgeflattert und wie ein Schmetterling davongeflogen war.

Antoine war nicht mehr einzigartig, er erkannte sich in den anderen wie in lebendigen Spiegeln wieder, was ihm erhebliche Anstrengungen ersparte.

In seinem unbeirrbaren Glück erschien es Antoine, als sei sein Körper mit den kleinen weichen Federn einer jungen Gans angefüllt, die durch seine Adern strömten und seine Organe auspolsterten. Herz und Hirn quollen ihm über von bunten Marshmallows. Am Dienstag, dem 1. August, erhielt er einen Brief von seiner Bank, die ihn darüber in Kenntnis setzte, daß sein Konto überzogen war. In diesem Augenblick spürte er zum ersten Mal seit Beginn seiner Behandlung Angst. Allzu sorglos, hatte er völlig vergessen, sich um eine Einnahmequelle zu kümmern; statt dessen kaufte er mit nie gekannter Lüsternheit Dinge, die ihm noch einige Wochen zuvor überflüssig vorgekommen wären. Er mußte also Geld auftreiben: Das Leben ist ein Tier, das sich von Schecks und Kreditkarten ernährt.

Weder seine Aramäischkenntnisse noch das Examen in Biologie oder die Magisterarbeit über die Filme von Sam Peckinpah und Frank Capra oder gar die anderen Diplome konnten ihm zu einer qualifizierten Tätigkeit verhelfen, die seinem Bildungsgrad entsprach. Der Schock bei dieser plötzlichen Rückkehr in die Realität hatte die Wirkung von Heurozack neutralisiert. Mit schmerzhaft-klarem Bewußtsein fand Antoine sich daher auf dem Arbeitsamt seines Viertels ein. Nach dreistündiger Wartezeit, die er mit anderen Arbeitslosen in einem mit Streßpheromonen klimatisierten Wartesaal stehend verbracht hatte, brüllte ein Mann aus einer dieser Boxen seinen Namen, als würde er am Spieß stecken. Antoine setzte sich dem Mann im Anzug gegenüber, der auf seinem Computer herumtippte. Es vergingen fünf Minuten, bevor der Mann Antoines Anwesenheit wahrnahm. Schließlich stellte er ihm einige Fragen, ohne den Blick von seinem Bildschirm abzuwenden. Antoine legte seine exotischen Diplome vor.

»Lassen Sie das mal schön bleiben«, sagte der Mann zu ihm. »Oder sind Sie etwa verrückt? Wieso haben Sie beschlossen, diesen ... diesen Kram ... zu studieren?«

»Das hat mich interessiert. Oh, und fast hätte ich noch ein Diplom in ...«

»Das ist doch professioneller Selbstmord, Sie haben studiert, um arbeitslos zu werden!«

»Gut«, sagte Antoine und stand auf, »auf Wiedersehen und vielen Dank für Ihre Hilfe und Ihre Unterstützung.«

»Warten Sie, warten Sie, werfen Sie die Flinte doch nicht gleich ins Korn! Haben Sie einen Führerschein?«

»Nein.«

»Sie haben keinen Führerschein?... Unglaublich.«

»Denn einer Studie zufolge«, erklärte Antoine hämisch, »werden die weltweiten Erdölvorräte in vierzig Jahre erschöpft sein. Da lohnt es sich doch gar nicht, dafür noch Geld zu verschwenden.«

»Sie dürfen keine zu großen Schwierigkeiten machen. Sie sind immerhin nur zweite Wahl. Warten Sie, warten Sie!«

Der Mann, der nur auf seinen Computerbildschirm starrte, schlug Antoine ein paar Lehrgänge vor, Ausbildungen für Berufe, die ihn nicht interessierten und mit Armut entlohnt wurden. Antoine begriff allmählich, daß er in der Position eines Bettlers war: Er hatte keine Wahl, er mußte wohl nehmen, was man ihm in den Bettlerhut stecken würde, nämlich Messingmünzen, Metro-Fahrkarten, Restaurant-Gutscheine, Hosenknöpfe, vorgekaute Kaugummis ... Der Mann bemühte sich, etwas für ihn zu finden, egal was. Er erniedrigte ihn mit professionellem Wohlwollen. Antoine stand auf und ging, ohne daß der Mann es bemerkte.

Antoine erinnerte sich an einen Schulkameraden, der ein Vermögen gemacht hatte, Raphaël. Als er in der Kiste stöberte, in die er seine Archive bunt durcheinander geworfen hatte, fand er seinen Nachnamen wieder und auch seine Telefonnummer. Gewiß, Raphaël wohnte nicht mehr bei seinen Eltern, doch diese, vielleicht bewundernswert, vielleicht vertrottelt, das war schwer zu beurteilen, gaben ihm seine neue Telefonnummer.

Antoine hoffte, daß Raphi, das war sein etwas lächerlicher Spitzname, sich an ihn erinnern würde und daran, welche Rolle er am Ende ihres Abschlußjahres für die Wahl seiner Laufbahn gespielt hatte.

Raphi war sehr selbstsicher und fühlte sich daher mit jedem wohl. Er besaß die Direktheit und Offenheit dessen, der keinen Zweifel an der Liebe der anderen für ihn hegt. Sein aerodynamisches Bewußtsein hatte nicht die schmerzvolle Gelegenheit, mit den Unebenheiten der Realität in Berührung zu kommen und sich Verletzungen zuzuziehen: Es glitt durch die Welt. Raphi schätzte Antoine, er fand ihn lustig, wohl hauptsächlich deshalb, weil er die bittere Kritik in seinen Worten nicht mitbekam; und vor allem machte ihn diese Persönlichkeit neugierig, die eben nicht bewundernd zu ihm aufschaute. Raphi fand Antoine exotisch, er verstand ihn nicht. Antoine hingegen hatte, wenn er Raphi beim Essen gegenübersaß, die Gelegenheit, festzustellen, daß er keine Unterhaltung brauchte, um herauszufinden, daß sie nicht interessant war. Raphi war so selbstbezogen, daß er ausschließlich über sich selbst sprach: Er redete über sich, über die Beziehung der anderen zu ihm, was sie über ihn sagten usw.

Raphi war damit beschäftigt, ein Stück Brot zu zerteilen, er zerriß es, zog an ihm, alles Anzeichen einer ungewöhnlichen Nervosität. Er beugte sich dicht zu Antoines Ohr und flüsterte, als wären sie zwei amerikanische Spione in der Kantine des KGB:

»Ich hab' ein Problem. Kannst du mir vielleicht helfen?«

»Ich werde sogar einen großen humanitären Einsatz in die Wege leiten«, antwortete Antoine lakonisch, wenig überzeugt davon, daß diese siebzig Kilo Perfektion vor ihm wirklich ein wichtiges Problem haben könnten.

»Es ist absolut existentiell, ich weiß, daß du gut darin bist.«

»Aber sicher, schließlich habe ich den Schwarzen Gürtel in Ontologie.«

»Also. Ich habe die Wahl zwischen verschiedenen Studienfächern ... ich bin in den besten Vorbereitungsklassen für die Grandes Ècoles angenommen worden ... Ich könnte die Schiene des sicheren Erfolgs fahren: Politikwissenschaft oder Wirtschaftswissenschaften an unserer Elitehochschule, ich könnte am Elitepolytechnikum studieren oder möglicherweise auf die ENA gehen und einen hohen Staatsposten anstreben, danach einem großen Team in einer wichtigen Funktion beitreten und sie schließlich leiten, oder ich könnte Karriere in hohen öffentlichen Positionen machen ...«

»Du könntest Staatspräsident werden«, sagte Antoine sarkastisch.

»Ja, ganz sicher. Ich könnte diese glänzende Zukunft haben, aber was ich eigentlich will, ist etwas ganz anderes. Ich habe Lust, Risiken einzugehen und das zu tun, was mich leidenschaftlich begeistert. Am Ende meines Lebens will ich mir nicht sagen müssen, daß mir alles gelungen ist, was ich angefaßt habe, daß ich reich bin und beliebt und so weiter, aber daß ich meine Leidenschaft nicht verwirklicht habe. Mit meinen Eltern habe ich darüber nicht gesprochen, um sie nicht zu beunruhigen, aber ich hätte Lust, alles sausen zu lassen und ganz meinem Herzen zu folgen. Ich brauche das Abenteuer, ich muß die ausgetretenen Pfade verlassen, ich fühle, daß ich etwas ganz unverwechselbar Eigenes in mir habe. Ich habe einen heimlichen Traum, Antoine, eine absolut wahnsinnige Leidenschaft ...«

»Das ist doch toll, Raphaël«, sagte Antoine, bestürzt darüber, daß sein Klassenkamerad sich von einer offenbar so wenig vernünftigen Leidenschaft hinreißen ließ. »Das ist doch toll, ich muß gestehen, du überraschst mich, ich hab' dich für viel bodenständiger gehalten, für einen Arrivisten.«

»Das ist meine poetische Seite, Antoine, ich spüre, daß ich die Seele eines Künstlers habe. Meinst du, ich sollte mich einfach gehen lassen, mich meiner Leidenschaft völlig hingeben?«

»Ja, sicher, nur zu. Laß die Leinen los! Du brauchst nur Mut und Geduld und mußt ganz fest daran glauben, wenn du deinen Traum verwirklichen willst, aber klar, leb deine Leidenschaft!«

Raphi war im siebten Himmel. Bewegt nahm er Antoines Hände, seine Augen funkelten voller Anerkennung. Um ihm zu danken, reichte er ihm ein Glas Wasser.

»Aber du hast mir immer noch nicht gesagt, Raphaël, was denn nun dein verrückter Traum ist ...«

»Ich werde meine eigene Investmentfirma gründen!«

»Wie bitte?«

»Aktien, Pfandbriefe, Investmentzertifikate ... Ich werde es tun, Antoine, dank deiner werde ich mir die Eier vergolden können!«

Am Ende nahmen Raphaëls Eltern die Sache durchaus nicht so ungünstig auf, sie boten ihm sogar eine Million Francs an, damit sein Laden endlich loslegen konnte. Seitdem hatte Antoine dieses dämliche Verbrechen auf dem Gewissen: Er hatte einen weiteren Kapitalisten geschaffen. Er hatte damals nur mit den Schultern gezuckt, als Raphi ihm gesagte hatte, daß er immer dasein würde, wenn er seine Hilfe brauche, nun aber schrie sein Bankkonto vor Unterernährung, und er sah keinerlei moralischen Hinderungsgrund, nun auf irgendeine Weise an Geld zu kommen. Wenn man feststellt, daß man einer der wenigen ist, denen moralische Grundsätze im Umgang mit Menschen noch etwas bedeuten, ist es durchaus verführerisch, sich in die Amoralität fallen zu lassen, nicht etwa aus Überzeugung oder aus Vergnügen, sondern einfach, um nicht mehr leiden zu müssen, denn es gibt ja keinen größeren Schmerz als den, ein Engel in der Hölle zu sein, wohingegen der Teufel überall zu Hause ist. Daher übernahm Antoine dieses Verhalten, das darin besteht, sich zu integrieren, indem man seine Ideale opfert. Die Verdammnis erlaubt alles und verzeiht alles.

Es war nicht möglich, direkt mit Raphi zu sprechen: Eine Sekretärin wies dieses Ansinnen ab und bat ihn, seine Telefonnummer zu hinterlassen. Eine Stunde später klingelte es in der Telefonzelle neben der Bäckerei. Es war Raphi, der ganz aufgeregt und glücklich war, mit dem Menschen zu sprechen, der ihn ermutigt hatte, sein Schicksal in die eigenen Hände zu nehmen.

»Antoine! Wenn du wüßtest, wie froh ich bin, dich zu hören. Du und ich, das waren doch Zeiten, oder? Was machst du denn so? Du mußt unbedingt mit deiner Frau zu uns zum Essen kommen, du mußt mir von deiner Arbeit erzählen, das wäre großartig!«

»Ich bin Single und arbeitslos.«

Einen Augenblick lang war es still am anderen Ende der Leitung. Raphaël hatte nie daran gedacht, daß sein persönlicher Erfolg durchaus nicht das Glück jedes einzelnen Menschen auf dieser Erde in Gang setzte.

»Kein Problem, Antoine, du bist mein Guru, ich werde das alles für dich auftreiben. Das ist doch das mindeste, was ich dir schulde. Wir müssen uns unbedingt sehen!«

Sie vereinbarten ein Treffen in dem Gebäude in Saint-Germain-des-Prés, welches Raphis Unternehmen beherbergte. Er empfing Antoine in seinem großen Büro, das mit riesigen Kinoplakaten dekoriert war. Der Handel war schnell abgeschlossen: Raphi wollte Antoine einstellen.

»Ich verstehe überhaupt nichts von der Börse ...«

»Na eben, du bist ein Neuling in diesem Bereich und riskierst also nicht, von irgendwelchen Dummheiten beeinflußt zu werden. Ich habe Vertrauen zu dir.«

»Was müßte ich denn tun?«

»Ganz einfach: du brauchst nur Aktien in der ganzen Welt zu kaufen und zu verkaufen. Im richtigen Augenblick. Die Aktien zu erspüren, deren Kurse steigen oder fallen, auf der Lauer sein und deinem Instinkt freien Lauf lassen. Und darum brauche ich mich nicht zu beunruhigen, denn alles, meinen ganzen Erfolg, habe ich nur durch dich.«

Überaus stolz führte Raphi Antoine durch die luxuriös ausgestatteten Büros des Unternehmens, er stellte ihn seinen Kollegen und sogar der Kaffeemaschine vor. Die Atmosphäre war arbeitsam und elektrisiert, jedoch entspannt. Die Arbeitsbeziehungen waren locker, ganz wie in einer egalitären Gesellschaft. Präsident Clinton läßt sich von der folgsamen Presse Bill nennen, statt mit seinem vollständigen Namen William. Das ist sympathischer, das macht ihn zu einem Freund, einem Nahestehenden, dem man gerne etwas verzeiht. Vor allem erlaubt es, das negative Bild abzuschwächen, das mit seinem Amt verbunden ist. Dieser Strategie der Freundschaft folgend, war Raphaël in dieser Bude für jeden Raphi. Er war kontaktfreudig, offen und liebenswürdig, was ihm dazu diente, wohlwollenden Druck auf seine Mitarbeiter auszuüben und freundschaftlich eine größere Produktivität und dehnbare Arbeitszeiten abzuverlangen.

Antoine bekam eine eigene Box in dem riesigen Raum, der die siebzig Börsenhändler des Unternehmens beherbergte. Die Boxen waren je mit zwei Mikrocomputern ausgestattet, einem Schreibtisch aus grauem Eisen mit einer Reihe von Schubladen und einer Kaffeetasse. An den Wänden dieses Saales zogen die Kurse der verschiedenen Märkte der größten Börsenplätze der Welt vorbei. Eine Woche lang beobachtete Antoine die Tricks seiner Kollegen; sie gaben ihm Ratschläge; er kaufte sich Bücher, um die Begriffe und Mechanismen der Finanzwelt zu erlernen: feindliche Übernahme, Stoxx, Umlaufrendite, DAX 30, Nasdaq. Unglaublich viel einfacher als das

Aramäische, barg diese neue Sprache für ihn schon bald keine Geheimnisse mehr.

Noch einmal veränderte sich sein Leben. Ein festes Gehalt, das ihm zum Leben völlig ausgereicht hätte, wurde durch eine Prämie auf seine Abschlüsse ergänzt. Er gab sein winziges mietfreies Appartement zugunsten eines Penthouse in der Nähe der Bastille, Rue de la Roquette, auf. Und weil Monsieur Brallaire noch immer nicht bei normaler Gesundheit war, bat Antoine Vlad, seinen muskulösen Nachbarn, sich um ihn zu kümmern.

Rodolphe traf er nicht mehr. Der wollte sich mit ihm weiter über intellektuelle und polemische Themen unterhalten, an denen Antoine völlig den Geschmack verloren hatte. Ohne den Mörtel der Diskussion und der Opposition brach ihre Beziehung auseinander. Antoine begleitete Charlotte weiterhin zu ein paar Umdrehungen auf dem Riesenrad, aber sie sprachen nicht mehr miteinander. Und Ganja, der eigentlich immer ganz ruhig war, erklärte verärgert, daß sie sich erst wiedersehen würden, wenn Antoine sein idiotisches Projekt aufgegeben habe, Idiot zu werden. As widmete ihm einen Vierzeiler, in welchem er feststellte, daß sie nicht mehr die gleiche Luft atmeten und sie, ohne das Land zu wechseln, einander fremd geworden seien. Sie trennten sich eines Nachts nach einem schweigsamen Abend in ihrem früheren Hauptquartier, dem Gudmundsdottir. Antoine sah, wie seine Freunde in der Nacht verschwanden, die durch das Leuchten von As' Körper erhellt wurde. Das hatte ihn nicht sonderlich traurig gemacht: Sie hatten sich eben nichts mehr zu sagen. Antoine war ganz von seiner neuen Tätigkeit gefangen, von seinem Ehrgeiz, ehrgeizig zu werden und von seinem Wunsch, sich neue Marken-Kleidungsstücke zu wünschen. Er hatte inzwischen neue Freunde, die eine Meinung zu allem und jedem hatten, mit denen er in Konzerte ging und auf Abendgesellschaften. Er lebte auf diese Weise das ganz normale Leben aller jungen Leute, die es sich leisten können. Antoine gewann Freunde, die dem Konsumrausch verfallen waren, abgepackte Serienfreunde, die keinen Augenblick zögern würden, ihm nicht zu Hilfe zu eilen, falls es ein Problem gab.

Von außen betrachtet sah es aus, als sei er vollkommen in diese Prinzenkaste integriert und spiele ganz fraglos die Rolle seines Hugo-Boss-Anzugs. Doch bei genauerem Hinsehen konnte man bemerken, daß er eine gewisse Zurückhaltung wahrte. Jedenfalls stellte er die Moral derer, mit denen er jetzt Umgang pflegte, nie in Frage, nie gab er eine Ansicht zum besten, die in den Verdacht der Originalität hätte geraten können. Antoine ließ sich von dieser neuen Welt forttragen und empfand dabei ein gewisses Vergnügen: das Vergnügen einer fest umrissenen Freiheit, der Hingabe an die Strömung, die dem Lauf des Flusses folgt.

Das Geld, der Erfolg, die Integration in ein anerkanntes Milieu mit soliden Grundlagen, alle diese Faktoren sind Teil einer Ökonomie, die dem Ich einiges erspart. Man muß nicht mehr an seine Wünsche denken, an seine Moral, an seine Handlungen, an seine Freunde, an sein Leben, man muß kein Verständnis mehr haben, nicht mehr suchen: Das alles liefert die Umgebung schlüsselfertig. Antoine erhielt nun die Aussteuer für seine Vermählung mit der Gesellschaft. Es ist alles eine Frage der Kraftökonomie, es ist eindeutig weniger ermüdend, weniger anstrengend als der Versuch, immer alles selbst zu finden, oder gar zu erfinden. Nein, das ist die Mühe nicht wert, man wird euch mit vorfabrizierten Emotionen, mit vorgefertigten Gedanken versorgen.

Die Menschen gleichen auf verblüffende Weise ihren Autos. Einige haben ein Leben ohne Optionen, ein Leben, das ganz normal dahinrollt, nicht schnell fährt, absäuft und oft repariert werden muß. Das ist ein Leben der unteren Preisklasse, wenig solide, das seine Insassen bei einem Unfall nicht schützt. Andere Leben haben alle nur denkbaren Optionen: Geld, Liebe, Schönheit, Gesundheit, Freundschaft, Erfolg, wie Airbag, ABS, Servolenkung, Motor mit 16 Ventilen, Klimaanlage.

Mitte August hatte Antoine seine neue Tätigkeit bestens im Griff, er war ein Börsenmakler wie die anderen, gegen seine Arbeit war nichts einzuwenden. Er beobachtete die Märkte und reagierte mit einer Mischung aus Instinkt und Logik, hatte den ganz großen Coup aber noch nicht gelandet, der ihn in den Kreis der Millionäre innerhalb dieses Ladens katapultiert hätte. Er vergaß, über die Folgen der Spekulation und seiner Zahlenspielereien auf die reale Welt nachzudenken, die in der Sphäre seines wattierten Bewußtseins ohnehin nicht mehr existierte.

Gleichwohl unterschied sich Antoine durch ein wesentliches Merkmal von seinen Kollegen: Er vertrug keinen Kaffee. Zu Beginn seiner Tätigkeit in diesem Unternehmen hatte er versucht, eine Tasse zu trinken, mit dem Resultat, daß er zwei Nächte lang wachgelegen hatte. Danach trank er den ganzen Tag nur noch koffeinfreien Kaffee. Die Kaffeetasse ist eine Frage des Standing, ein guter Börsenhändler hat seine Tasse Kaffee ständig in der Hand oder auf seinem Schreibtisch. Genauso wie ein Polizist seine Waffe hat, ein Schriftsteller seinen Kugelschreiber, ein Tennisspieler seinen Schläger, arbeitet ein Börsenhändler mit seinem Kaffee. Das ist sein Arbeitswerkzeug, sein Preßlufthammer, seine Smith & Wesson.

Dann, auf einen Schlag, ganz ohne jeden Vorsatz, wurde Antoine reich. Er hackte, wie gewohnt, in der Aufgeregtheit eines ganz normalen Tages auf den beiden Computern in seiner

Box herum: Haussen, Baissen, Rufe, ständiges Telefongeklingel, Selbstmorde, Klirren, Schreie, regelmäßiges Zischen der zehn an der Wand aufgereihten Kaffeemaschinen. ... Er tätschtelte ganz ruhig ein Telefon, das zwischen sein Ohr und seine Schulter gezwängt war, verkaufte Yen, warf seinen Angelköder mitten hinein in die Zufälligkeiten der Märkte, als er nach seinem Kaffee griff, um seine trockenen Lippen zu benetzen, und ihn unversehens über die Tastatur seines Hauptcomputers kippte. Ein paar Funken sprühten, es qualmte und knisterte, sein Bildschirm wurde schwarz, dann blinkte etwas, aber alles war innerhalb von Sekunden wieder normal. Allein seine Konten zeigten an, daß er eine saftige Operation durchgeführt hatte, deren Summe sich auf einige hundert Millionen Francs belief. Der Kurzschluß hatte eine Kettenreaktion ausgelöst und zu genialen Finanzoperationen geführt.

»Ich wußte, es war eine tolle Idee, dich hierher zu holen«, sagte Raphi zu ihm. »Wie hast du nur mit diesem Coup rechnen können?«

»Intuition«, antwortete Antoine und schlug die Augen nieder.

»Und das, das kann man nicht lernen. Immerhin hast du auch ziemlich ackern müssen, um die Sache zu verstehen, du hast gezeigt, daß du die Ereignisse im Griff hast, hast den Kopf nicht verloren und Kurs gehalten. Das, meine Freunde, das nenne ich Kaltblütigkeit!«

Der ganze Saal applaudierte Antoine, Kollegen schlugen ihm freundschaftlich auf den Rücken, Luftschlangen und Konfetti flogen durch die Luft, Champagnerflaschen wurden entkorkt, und Raphi reichte ihm den Scheck mit seiner Prämie. Antoine starrte auf den Betrag und war, ganz entgegen seiner Erwartung, bewegt. Er war so bewegt, als wären gerade seine Kinder zur Welt gekommen. Und das konnte er durchaus sein, denn er hielt Sechslinge in Händen: Auf irgendeine Ziffer folgten sechs Nullen auf diesem Scheck.

In diesem Augenblick erinnerte sich Antoine nicht, daß er einmal gewußt hatte, daß man sich selbst am leichtesten korrumpieren kann. Eine rote Pille ersparte ihm das Nachdenken darüber, daß er sich gleichzeitig mit einem Reichtum verkaufen und kaufen konnte, der in keinem wie auch immer gestalteten Traum fossilisieren wird.

Um die Wirklichkeit seines Glücks auch begreifen zu können, steckte Antoine seine Prämie in kleinen Scheinen ein. Er verließ die Bank mit zwei Koffern voller Banknoten und stapelte diese in Bündeln auf den großen Olivenholztisch seines Wohnzimmers. Diese Tausende von papierenen Rechtecken waren die Atome seines Erfolgs. Er erlag ein wenig dem Rausch dessen, der das Verlangen der Menschheit in einem Punkt fokussiert, ihm wurde schwindlig. Und ohne es zu wollen, begann er zu lachen. Er war reich. Das bedeutete, er hatte einen Teil seines Vertrags erfüllt, indem er eine von Milliarden von Menschen geteilte Wunschvorstellung honorierte.

Doch dieses Gefühl, dem er den Namen »Glück« gab, war nicht von Dauer. Was sollte er mit diesem Reichtum anfangen? Wenn er ein ganz normaler Millionär sein wollte, konnte er sich nicht damit zufriedengeben, dieses Geld aufzubewahren. Reich sein ist kein Selbstzweck. Die Gesellschaft, die Menschen auf der Straße mußten durch ihre Bewunderung und ihren Neid zu Spiegeln seines Erfolgs werden. Antoine wurde bewußt, daß er mit seinem neuen Reichtum erst die Hälfte des Weges zurückgelegt hatte. Doch nun ergab sich die Notwendigkeit, all die Dinge zu begehren, die Reiche begehrten. Und dies schien ihm der schwierigste Teil zu sein. Um reich zu werden, hatte er ja nur eine Tasse Kaffee über der Tastatur seines Computers ausgegossen; aber um seinen Reichtum zu nutzen, mußte er sich den Kopf zerbrechen.

Beim Durchblättern von Magazinen legte er die Liste der Dinge fest, die er begehren sollte oder gerade nicht begehren durfte: Er achtete sehr darauf, nicht den Schwächen der Neureichen zu erliegen, eine offenkundig verachtenswerte Kategorie von Reichen, die lediglich über die unbedeutendste Voraussetzung des Reichtums verfügen, nämlich über Geld.

Und weil er sein eigener Weihnachtsmann geworden war, machte Antoine seine Einkäufe mit einem geflochtenen Tragekorb und einem Rentierschlitten. Um sein Penthouse einzurichten und seinem Ruf, seinem Ansehen ein Gewand zu geben, kaufte er zeitgenössische Kunst. In einer Pariser Galerie von Rang wählte er die Bilder eines Malers, bei dem es sich ganz offensichtlich um ein Genie gehandelt haben mußte, wenn man die Anzahl der Nullen unter seiner Signatur zum Maßstab nahm. Der Besitzer der Galerie beschrieb ihn als den neuen van Gogh. »Abgesehen davon«, sagte er zu Antoine, um ihn zu überzeugen, »hat er Mumps gehabt.« Antoine täuschte Bewunderung vor, stieß ein »Oh!« aus, als Almosen für den bodenlosen Unsinn des Kunsthändlers, und öffnete sein Köfferchen. Danach kaufte er einen Wagen der Luxusklasse. Er konnte zwar nicht fahren, hatte auch nicht die Absicht, es zu erlernen, doch das beeinflußte in keiner Weise seine Entschlossenheit, diesem kapitalistischen Ritus zu opfern. Beinahe jeder kaufte doch ein Auto, wobei die Wahl meist durch finanzielle Überlegungen gezügelt wurde. Antoine mußte sich darüber keine Sorgen machen, und so sah er sich einer unglaublichen Auswahl von Marken, Modellen und Motorisierungen gegenüber. Er beobachtete, daß die verschiedenen Luxuswagen oft einem besonderen Typus von Reichtum entsprachen: In Raphis Team hatten die jüngsten Millionäre alle Sportautos, die älteren um die Dreißig fuhren Mercedes oder BMW. Antoine kaufte ein Auto, das bestätigte, daß er jung, brillant und ein millionenschwerer Börsenmakler war: einen roten Porsche. Der Autohausbesitzer lieferte den Wagen vor sein Penthouse, und dort blieb er stehen, als leuchtendes Reklameschild seines Erfolgs und seiner Durchschlagskraft.

In den großen Kaufhäusern, in denen die Verkäufer diejenigen mit cerberusgleicher Verachtung beäugten, die nicht über das Geld verfügten, um dort ihre Einkäufe zu tätigen, wurde Antoine wie ein Prinz empfangen, sobald man seine plastifizierte Krone erkannte: seine Goldene Kreditkarte. Er kaufte schöne Anzüge, die noch kommende Generationen zum Lachen bringen werden, im Moment aber seine Überlegenheit über das gemeine Volk verkündeten, das nicht die Mittel besitzt, um einen solch schlechten Geschmack mit so viel natürlicher Prahlerei zur Schau zu stellen.

Antoine hatte sich gehäutet. Er hatte seine alten Klamotten für schicke Kleidung aufgegeben, seine Haut mit Düften parfümiert, die außerhalb jeder Preisvorstellung lagen, sie mit Ölen und Lotions eingerieben und behandelt, er ließ sich massieren und pflegen, er ging in Schönheitssalons auf die Sonnenbank und ließ sich seine Haare jede Woche in einem piekfeinen Frisiersalon nachschneiden. Auch seine Stimme hatte sich verändert. Es war, als sei Antoine innerhalb weniger Wochen unversehens erwachsen geworden. In der Zeit vor seinem Erfolg war seine Stimme im täglichen Leben durchaus nicht so wirkungsvoll gewesen, wenn es darum ging, einen Ladenbesitzer um etwas zu bitten oder mit einem Beamten zu sprechen oder ganz einfach nur in der Unterhaltung: Meist konnte man ihn kaum hören, trotz seiner klaren Stimme. Doch jetzt, ohne daß er die Veränderung seiner Stimme bemerkt hätte, wurde Antoine sofort verstanden, er wurde gehört und erhört.

Angesichts all dieser Geschichten von Häutungen kann man durchaus sagen, daß Antoine zu einer Schlange geworden war. Er hatte nicht mehr sehr viel mit dem Menschen gemein, der er einmal gewesen war. Es war, als hätte er die Spezies gewechselt.

Sein Budget war explodiert. Zusätzlich zu dem Kauf der Bilder, des Wagens, der Kleidung schenkte er sich – seinem Rang innerhalb der Gesellschaft entsprechend – elektrische Haushaltsgeräte, Hi-Fi-, Video- und Informatikausrüstungen. In Wirklichkeit aber benutzte er diese perfektionierten und sündhaft teuren Geräte gar nicht. Genausowenig, wie er die Unmengen feinster Speisen verzehrte, die er allabendlich in seinen riesigen amerikanischen Kühlschrank lud. Sein Sinn war noch ganz aufs Kaufen gerichtet und nicht aufs Verbrauchen. Antoine hatte sich seinen Geschmack fürs Einfache bewahrt. Sein Penthouse glich einem Museum technischer Wunderwerke, einem Friedhof neuer Apparaturen.

Damit sein Bankkonto auch weiterhin seine praktischen Verbrauchertätigkeiten finanzierte, kippte Antoine ein zweites Mal eine Tasse entkoffeinierten Kaffees über die Tastatur seines Computers. Und auch diesmal knackte er den Jackpot: Das Geld war ein Haustier, ein treuer Hund, der nun begann, den Weg zu seinem Bankkonto selbst zu finden.

Es war am Ende eines Arbeitstages. Alle Börsenhändler standen im Begriff, nach Hause zu gehen, als Raphi Antoine in sein Büro rief. Zwei junge Frauen in sexy Abendkleidern umrahmten Raphi.

»Antoine!« rief Raphi. »Du bist großartig, mein Freund. Hier, deine Prämie.«

»Danke«, sagte Antoine, während er die Millionen in der Innentasche seine Jacketts unterzubringen versuchte. »Gut denn, bonsoir ...«

»Was heißt hier ›bonsoir‹ ? Wir verbringen den Abend gemeinsam. Wir wollen dein Genie feiern. Ich stelle dir Sandy vor.«

»Sehr erfreut«, sagte eine der beiden jungen Frauen lächelnd und streckte ihm ihre feingliedrige Hand entgegen.

»Und Sévérine«, fuhr Raphi fort, »die heute abend deine Begleiterin sein wird, du Glückspilz.«

Antoine sah Sévérine genau an, ihren traumhaften Körper, ihre aufreizende Miene, ihren begehrenden Blick, wenn sie ihn ansah, und er sagte sich, daß es da ein Problem gab. Er spürte, wie die Eckzähne seiner Persönlichkeit ganz sachte aus dem Fruchtknoten seines Gewissens hervorsproßten, er hätte gerne eine oder zwei Heurozack einnehmen mögen, um dieser Gefahr zuvorzukommen, aber er hatte sie zu Hause vergessen. Er fragte Raphi, ob er ihn einen Augenblick allein sprechen könne. Raphi bat die beiden jungen Frauen, im Wagen zu warten. Sie verließen das Büro mit einem Ausdruck lüsterner Herausforderung.

»Ich kann einfach nicht glauben, daß du mir so etwas antust«, sagte Antoine vorwurfsvoll.

»Ich tue dir was an? Wovon redest du?«

»Du bezahlst für mich eine Prostituierte ... Ich dachte, du würdest mich besser kennen, Raphaël. Ich bin sehr enttäuscht.«

»Eine Hure?« Raphi brach in schallendes Gelächter aus. »Du glaubst, Sévérine sei eine Hure?«

»Das ist ja wohl offensichtlich.«

»Du solltest mehr Selbstvertrauen in dein Verführungspotential haben, Antoine. Nein, Sévérine ist keine Hure.«

»Warum sollte sie sonst mit mir ausgehen wollen? Und vor allem, warum hat sie diesen männerverschlingenden Blick, wenn sie mich ansieht? Man könnte meinen, sie sähe Brad Pitt vor sich.«

»Ich habe ihr von dir erzählt, daß du ein Magier der Finanzwelt bist, und all das. Ich versichere dir, Junge, du hast Charme.«

»Na, gut. Und wer ist die andere, diese Sandy? Raphaël, du hast doch eine sensationelle Frau ...«

»O nein, jetzt komm mir bloß nicht mit einer Moralpredigt!«

»Darum geht es gar nicht, sondern ... Doch, ich halte dir eine Moralpredigt, weil du ...«

»Wirst du mich verpetzen? Petzen tut man nicht. Petzer kommen in die Hölle. Du bist ein bißchen verklemmt, Antoine. Relaxe!«

»Deine Frau wird unglücklich sein, das kannst du ihr nicht antun.«

»Meine Frau wird darüber gar nichts erfahren, deshalb wird es ihr auch nicht weh tun, folglich ist es auch nichts Schlimmes.«

»Warum tust du das? Du hast doch eine Liebe ...«

»Es gibt ja nicht nur Liebe im Leben. Es gibt auch Begehren, auch Geilheit. Scheiße, Antoine, wir befinden uns im Jahr 2000, es hat eine sexuelle Befreiung gegeben, wach auf! Wir verfügen über unseren Körper, die Frauen sind befreit.«

Raphi hatte den Dünkel jener bürgerlichen Fürsten, die ihre Privilegien mit Rechten und ihre Rechtfertigungen mit Wahrheit verwechseln. Antoine setzte sich in einen Sessel vor dem Schreibtisch. Er rieb mit einem Radiergummi über einen Terminkalender, den Blick ins Leere gerichtet. So verharrte er eine ganze Minute. Während dieser Zeit räumte Raphi Papiere in seinen Aktenkoffer. Antoine blickte Raphi fest an:

»Apropos sexuelle Befreiung ...«

»Willst du Unterrichtsstunden? Sévérine wird dir Unterricht geben ... wenn du verstehst, was ich meine.«

»Eine meiner Kolleginnen teilt deine Ansicht, sie ist ganz deiner Meinung.«

»Ist doch klar, die Dinge haben sich geändert, man muß nicht mehr so verklemmt sein. Sie sucht ihren Sex, und sie hat recht.«

»Ich weiß nicht, ob du sie kennst, sie heißt Mélanie.«

»Mélanie?« sagte Raphi langsam und wurde bleich. »Mélanie vom Nasdaq?«

Antoine stieß sich am Schreibtisch ab und drehte sich in seinem Sessel. Er betrachtete Raphi, beobachtete seine Reaktion, hatte ein leichtes Lächeln auf den Lippen, und ein Anflug von Melancholie trat in seine Augen. Er stand auf und packte Raphi an der Schulter.

»Ja. Sie hat recht, und um das ganz klar zu machen, ist sie

bereit, mit jedem ins Bett zu gehen, ganz gleich mit wem, so befreit ist sie. Ist doch super, oder? Das Problem ist nur, daß keiner mit ihr ins Bett gehen will. Na ja ... da habe ich mir gesagt, du bist doch so befreit, da könntest du ihr doch möglicherweise diesen kleinen Gefallen tun ...«

»Aber Mélanie ... sie ist doch wirklich ... also, verstehst du ... sie hat doch gar nichts ...«

»Sie ist ganz sicher lustiger und intelligenter als alle deine Sandys zusammen, und sie hat keine Flausen im Kopf. Wolltest du das sagen?«

»Sie ist unattraktiv, Antoine, tut mir leid, aber so ist es, sie sieht doch aus wie ein Skelett. Sie ist ein Gegenmittel zu Viagra.«

»Und?«

»Und, was? Was soll ich dir noch sagen? So ist die Natur: Nicht jeder kann die hundert Meter laufen. Es gibt natürliche Ungleichheiten, dafür kann ich doch nichts. Sie hat nicht den Körper für so was. Aber es gibt ja auch noch andere Sportarten. Sie sollte alle ihre Kräfte in die Liebe stecken, nur Gefühle können einen Körper wie den ihren vergessen machen. Liebe ist blind. Du kennst ja das Sprichwort: Das Mädchen ist für Freundschaft gemacht, zum Ficken taugt sie nicht.«

»Das ist alles? Aber ... Raphaël, du verstehst nicht ... Sie will Sex, sie will explodieren. Wie du, wie Sandy.«

»Ich kann mich ja mal nach ein paar Blinden erkundigen. Hör zu, Antoine, morgen werde ich ihr den Vorschlag machen, daß unsere Betriebskrankenkasse ihr eine Operation bezahlt, bei der ihr Silikonkissen in die Brüste gestopft werden. Das müßte den Schaden in Grenzen halten.«

»Du bist wirklich wohltätig. Und wenn du schon einmal dabei bist, mußt du ihr nur noch einen Schwanz in die Hand einpflanzen lassen ...«

»Wach auf, Antoine, wir phantasieren hier nicht über die Persönlichkeit herum. Davon bekommt man keinen Ständer.

Ist ja vielleicht schade, aber so ist es nun mal. Ich kann's nicht ändern.«

»Kirk Douglas hat gesagt: ›Zeigen Sie mir eine intelligente Frau, und ich sage Ihnen sieh mal an, ein Vamp‹.«

»Heh, Antoine, du willst doch wohl nicht, daß ich mit ihr ins Bett gehe, nur um kohärent zu sein?«

»Das wäre aber ganz gut.«

Mélanie gehörte zu den Menschen, die das lieben, wovon sie verurteilt werden, wie die armen Teufel, die in Bewunderung für die Reichen aufgehen; und so sehr Raphi sie nicht begehrte, weil sie häßlich war, begehrte sie ihn, weil er gut aussah. Eine Woche später kam sie mit einem großen Ausschnitt über der neuen, üppigen, festen Brust zur Arbeit. Für gewisse Männer genügte das, um sie sichtbar werden zu lassen. In den Augen ihrer männlichen Kollegen war sie kein Gespenst mehr: Dank ihrer Brüste zog sie nun endlich die Blicke der Männer auf sich.

Raphi war mit seiner Großherzigkeit zufrieden, auch wenn er sich jetzt um Antoine Sorgen machte, und zwar, wie er sagte, wegen seines »Gefühlsrobespierrismus«. Aus purer Freundschaft überredete er ihn, sich von einer Freundin beraten zu lassen, die eine Anbahnungsvermittlung leitete. Er versicherte ihm mit Nachdruck, daß all das sehr seriös sei und ihn zu nichts verpflichte, und bat ihn inständig, sich wenigstens einmal mit ihr zu unterhalten. Antoine kapitulierte, damit Raphi ihn mit seinem Katechismus der Ausschweifungen und seinen moralinsauren Reden endlich in Ruhe ließ. Noch vor wenigen Wochen hatte er sich die Liebe als Kunstform oder doch wenigstens als Kunsthandwerk vorgestellt. Jetzt drang er in eine neue und zweifellos viel realere Welt vor, in der die Liebe eine Form des Konsums und ein Ort der Absonderung war.

Im fünfzigsten Stockwerk eines Geschäftshauses, in dem die Firmensitze von High-Tech-Unternehmen untergebracht waren, betrat Antoine die wimmelnden Büroräume des Eheanbahnungsinstituts. Es gab keinerlei Zwischenwände; die Angestellten wimmelten durcheinander, die Telefone klingelten unaufhörlich, das Klicken der Computertastaturen klang wie Musik, die auch in einem Forschungsinstitut für Akustik und Musik hätte gespielt werden können. Antoine wurde in ein Büro im englischen Stil geführt, abgeschirmt von Unruhe und Wirbel. Er wartete ein paar Augenblicke, allein und stehend. Das Zimmer war hell und gediegen. Ein paar Bücher in den Regalen, Pflanzen an der Wand, unauffällige Kunstobjekte, ein himmelblauer Apple, ein großes Fenster. Eine Frau um die Vierzig wirbelte herein, bat ihn, Platz zu nehmen, und setzte sich hinter den Schreibtisch. Sie trug ein elegantes Kostüm, das betont schlicht war, ihre Bewegungen nicht einschränkte und möglicherweise auch ein paar überflüssige Kilos kaschierte.

»Sie kommen auf Empfehlung von Raphi, nicht wahr? Gut, wir werden schon etwas für Sie finden. Sie dürfen nur nicht allzu schwierig sein, Sie sind schließlich nur zweite Wahl. Haben Sie besondere Ansprüche?«

»Was heißt das?«

»Blond, brünett, fuchsig, Größe, Berufsgruppe. Es gibt einige Kriterien. Ich kann Ihnen nicht versprechen, daß ich Ihnen ein Rendezvous mit Ihrer Traumfrau vermitteln werde, aber wir können diesem Ideal sehr nahe kommen.«

Die Frau schaltete ihren Computer ein, öffnete Dateien, tippte ein paar Worte. Sie wirkte erschöpft, als sei sie am Ende ihrer Kräfte, und gleichzeitig nervös und übererregt. Sie starrte Antoine an, während sie darauf wartete, daß er seine Kriterien nennen würde.

»Ich will nicht in Einzelheiten gehen. Ich glaube sogar ..., daß es ein Fehler war, hierherzukommen. Wollen Sie mich bitte entschuldigen.«

»Das schockiert Sie? Aber so läuft das nun mal, nur daß wir an Stelle der unbewußten Filter wissenschaftliche verwenden. Das Ergebnis ist das gleiche. Wenn wir die beste Erfolgsquote aller Eheanbahnungsinstitute haben, dann ist das kein Zufall: Wir machen Geschäfte, keine Gefühle. Keine Geschäfte mit Gefühlen, wenn Sie so wollen. Also, kein bestimmtes Profil.«

Ihre Finger hämmerten wie wild auf der Tastatur herum. Das Telefon klingelte, doch sie nahm nicht ab. Das Klingeln hörte auf. Sie sah Antoine an und musterte ihn von oben bis unten mit ihrem Expertenblick, als wollte sie seinen Wert schätzen.

»Jedenfalls eine, die ungefähr mein Alter hat ...«

»Super. Hören Sie zu, mein Junge, geben Sie sich einen Ruck. Wir werden ein Dossier über Sie anlegen, und das wird die Grundlage dafür sein, daß unsere Klientinnen sich eventuell für Sie interessieren.«

»Wollen Sie sagen, ich soll über meine Leidenschaften sprechen?«

»Ja, das werden wir am Ende hinzufügen. Doch zuerst müssen wir Ihre soziale Stellung darstellen.«

»Das würde ich nicht so gerne, ich will nicht, daß ...«

»Machen Sie sich über mich lustig? Ich kann meine Zeit nicht mit Leuten vertun, die um ihrer selbst willen geliebt werden wollen. Wenn Sie wenigstens gut aussehen würden, könnten sich vielleicht einige junge Mädchen finden, die Sie wegen Ihres Humors oder wegen Ihrer Freundlichkeit lieben würden. Aber in diesem Fall ... Junger Mann, wir sind nicht hier, um irgendwelche moralischen Theorien aufzustellen oder festzustellen, was gut und was schlecht ist, so ist es nun einmal, und so funktioniert die Welt, ob Sie das wollen oder nicht, so ist es eben, also versuchen Sie, alle Chancen auf Ihrer Seite zu nutzen. Macchiavelli hat Dinge über die Politik gesagt, die zynisch wirken können, aber deshalb sind sie nicht weniger wahr. Wir sind die Macchiavellis der Liebe. Ich sage nicht, daß jemand allein wegen seines Geldes geliebt wird, wegen seiner Haarfarbe oder seines Brustumfangs, doch lehren uns die Statistiken, daß dies einen entscheidenden Einfluß hat. Der Beruf, die Muskulatur, die Größe, das Alter, das Geld, das Gewicht, das Auto, die Kleidung, die Farbe der Augen, die Nationalität, die Marke der Cornflakes, die Sie morgens essen ... Sie können sich die Anzahl der Faktoren kaum ausmalen, die einen Einfluß haben. Wußten Sie, daß Blondinen vierundzwanzig Prozent mehr Geschlechtsverkehr haben als Brünette? Es gibt Wahrheiten in der Liebe und im Sex. Und wissen Sie was? Diese Wahrheiten interessieren keine Menschenseele, weil jeder von der Einzigartigkeit seiner kleinen Geschichte überzeugt ist. Ich habe tonnenweise Statistiken, die mir das Gegenteil erzählen.«

»Sie verallgemeinern«, sagte Antoine begütigend. »Die Persönlichkeit zählt meiner Ansicht nach nicht für jeden, aber... Ich kenne einige, für die sie zählt. Vielleicht übertreiben Sie ein klein wenig.«

»Glauben Sie? Ist wohl möglich. Ich bin unglücklich, deshalb habe ich das Recht zu übertreiben und in diesen Dingen insgesamt schwarz zu sehen. Dennoch denke ich, daß ich objektiv bin, doch in der Liebe ist die Wahrheit zweifellos zynisch. Kurz, es macht mich nervös, so objektiv zu sein, zu verstehen, daß dies alles nicht ohne Grund geschieht und man für nichts verantwortlich ist. Ich würde gerne Schluß machen mit meiner Objektivität, damit ich endlich den Haß aus mir herauslassen könnte und am Ende in der Lage wäre, meinen Mann zu verabscheuen, der mich wegen eines jungen Dings von zwanzig Jahren verlassen hat.«

Sie knallte ihre Maus auf den Schreibtisch, drückte eine Taste und stand auf. Ihr Lächeln war von trauriger Bosheit. Sie wandte sich den Regalen zu, stellte einige Bücher an einen anderen Platz, warf eine Koalastatue um, die auf dem Boden zu Bruch ging. Sie sammelte die Scherben ein.

»Ich bin untröstlich«, sagte Antoine, als er aufstand und ihr half, die Scherben zusammenzufegen.

»Weshalb sind Sie untröstlich?« fragte die Frau mit zusammengezogenen Augenbrauen. »Ich verbiete Ihnen, untröstlich zu sein und meinen Mann zu kritisieren. Für wen halten Sie sich eigentlich?«

»Ich wollte nur ... Er hat Sie für eine Zwanzigjährige verlassen ...«

»Na und? Sie täuschen sich, wenn Sie Partei für mich ergreifen wollen. Ich hätte mich niemals in einen Mann wie Sie verlieben können.«

»Weil ich nicht süß genug bin?«

»Nein, sondern vor allem, weil Sie kleiner sind als ich.«

»Das ist der einzige Grund?«

»Der ist wichtig, jedenfalls für mich. Fragen Sie mich nicht, warum. Aber ich muß zugeben, das gehört in die gleiche Kategorie wie mein verblödeter Mann, der ein junges Ding vorzieht. In der Liebe gibt es keine Unschuldigen, es gibt nur Opfer.«

»Es klingt ein bißchen berechnend, wenn man nach dieser Art von ... Kriterien auswählt.«

»Nein, da irren Sie. Nichts ist berechnet, jeder ist aufrichtig in der Liebe. Mein Mann ist ja wirklich in dieses Flittchen verknallt. Er hat sich nicht gesagt: ›Oh, meine Frau ist vierzig, ihr Busen hängt, ihre Haut ist nicht mehr so schön, sie nimmt zu, ich werde sie ersetzen.‹ Das ist zwar wahr, meiner Ansicht nach, aber das hat er sich nicht gesagt. Unter diesen Bedingungen tut man es ganz einfach. Erst im nachhinein kann man ein Verhalten reflektieren und durchschauen. Ich hätte Sie vergöttert, Sie wären möglicherweise mein bester Freund geworden, aber ich hätte mich nicht in Sie verliebt, aufrichtig gesagt. Wenn ich Leute sagen höre, daß sie nicht wissen, warum sie sich in einen bestimmten Menschen verliebt haben, bringt mich das zum Lachen. Vielleicht wollen sie es nur nicht wissen, doch aus mehreren Gründen, die in der Begegnung zweier Persönlichkeiten liegen, spielen da psychologische, gesellschaftliche und auch genetische Gründe eine Rolle ... Liebe und Verführung sind zugleich die unbewußtesten und die am stärksten von der Vernunft bestimmten Dinge, die es gibt. Zu behaupten, es gebe keine Gründe, ist nur eine Ausflucht, um nicht zugeben zu müssen, daß diese Gründe nicht besonders rühmlich sind, denn wen interessiert schon die Wahrheit? Als ich meinen Mann gefragt habe, warum er mich wegen dieses jungen, zarten, blonden, sexy aussehenden Dings verläßt, dessen Brüste wunderbar sind, das voller Leben ist, hat er mir geantwortet: ›Ich weiß es nicht, Chérie, wir wissen doch nicht, warum wir uns verlieben, es passiert ganz einfach, das ist alles.‹ Und wissen Sie, was das Schlimmste daran ist? Das Schlimmste ist, daß er aufrichtig war, dieser Hurensohn glaubte ganz aufrichtig an diesen Schwachsinn. Dieser Mistkerl war ehrlich. Wissen Sie, was Madame de Staël gesagt hat? ›Im Bereich der Gefühle muß man keineswegs lügen, um Unwahrheiten zu sagen.‹ Ja, sicher, ich übertreibe ... aber ich habe recht zu übertreiben, weil ich ... alt bin, und weil ich jetzt zur Plebs gehöre.«

Weinend sprach die Frau weiter, machte sich Vorwürfe, weil sie sich beklagte, sie verfluchte ihren Mann und seine neue Geliebte und bemerkte nicht einmal, daß Antoine sich, untröstlich, davongemacht hatte.

Ein ertragreicher Tag der Hoffnungslosigkeit. Er war zu der Erkenntnis gelangt, daß die Hinnahme dieser niederdrückenden Wahrheiten auch bedeutet, sich der Realität, die diese Wahrheiten hervorbringt, kampflos zu ergeben: Wer auch immer Beweise für sein Unglück finden will, wird sie finden, denn in menschlichen Angelegenheiten findet man immer, wonach man sucht. Er hatte also beschlossen, daß jede Wahrheit, die ihn leiden ließ, eine Moral enthielt, daß die Realität selbst eine Moral war und daß er ihr die Einbildungskraft seiner eigenen Realität entgegenhalten konnte. Doch als er das Gebäude verließ, erinnerte er sich, trotz seiner Unruhe, nicht daran. Genauer gesagt, war es gar nicht nötig, sich zu erinnern: Er nahm zwei Heurozackpillen, und der Geist der enttäuschten Worte der Frau verschwand. Antoine rief Raphi an, er erzählte ihm von der Begegnung und gab ihm den dringenden Rat, sich um seine Freundin zu kümmern.

Ein Schatten hatte während der Unterhaltung sein Bewußtsein gestreift, doch er war verschwunden, sobald Antoine den normalen Lebensrhythmus wieder aufgenommen hatte und die Tage sich wieder unterschiedslos aneinanderreihten.

Für die, die vollkommen in die Gesellschaft integriert sind, gibt es nur eine einzige Jahreszeit, einen nie endenden Sommer, der ihren Geist unter einer Sonne bräunt, die niemals untergeht: Sie haben Träume, in denen es nie Nacht wird. Antoine hatte fünfundzwanzig Jahre lang in einem regnerischen Herbst gelebt. Doch nun, ob es Winter war oder Frühling oder Herbst, gab es für sein Bewußtsein nur noch die unumschränkte Herrschaft des Sommers.

Der September begann. Die Sonne schien noch kräftig und streichelte mit luftiger Hand die Haut der Passanten. An diesem Abend war Antoine vor seinem Fernsehapparat zappend sitzen geblieben und sah sich ein paar interessante, komische Sendungen an. Es war ihm egal, was er sah: Das einzige, was ihn interessierte, war die beruhigende, angstnehmende Wirkung des Fernsehens, dieses sonnendurchflutete Strahlen, das die Höhlen seines Bewußtseins erwärmte und erfüllte. Er zappte. Seine Fernbedienung hatte er mit einem schweren Seidenstoff bezogen und mit einem kleinen Motor versehen, der ein sanftes Schnurren erzeugte, wenn er mit der Hand darüberfuhr. Das war seine Fernbedienungskatze. Mit Texttafeln suchte er die Sendungen, die ihm aufgrund ihres Themas eine Möglichkeit lieferten, seine Abhängigkeit zu entschuldigen. Trotz der vier Heurozackpillen fühlte Antoine sich nicht wohl. Und das, nachdem er einige Stunden zuvor, als er von der Arbeit nach Hause kam, ein Paket vor seiner Wohnungstüre gefunden hatte. Es handelte sich um ein kleines unbedeutendes Päckchen, und so war Antoine auch nicht mißtrauisch gewesen, als er es schließlich in der Küche auspackte. Er riß das Papier und den Tesastreifen ab, doch als er es dann geöffnet hatte, warf ihn eine Stichflamme gegen den Kühlschrank. Er hatte auf das offene Päckchen gestarrt, das eine Taschenbuchausgabe des Briefwechsels von Gustave Flaubert enthielt. Erst nach einiger Zeit hatte sein Herz wieder zu einem regelmäßigen Rhythmus gefunden. Er hatte haltlos zu weinen begonnen, als ob seine Tränen versuchten, die Vision des Buches auf seinem Tisch wegzuwaschen oder den kleinen Brand zu löschen, den er verursacht hatte, als er in seiner Erinnerung explodiert war. Er hatte die Ausgabe nicht berührt, hatte es nicht gewagt. Flauberts Briefwechsel war vor seiner Verwandlung eines von Antoines Lieblingsbüchern gewesen. Er hatte ihn bewundert, er hatte sich oft in Flauberts vorsichtigem Herumtasten, in seinen Enttäuschungen und Schwierigkeiten, einfach am Leben zu sein und seine Epoche zu ertragen, wiedergefunden. Dieses Buch, das so plötzlich wiederaufgetaucht war, war für ihn, als hätte er in einen vergifteten Apfel gebissen, der in einem Organ und in einem Gedanken Störungen hervorrief, vor denen er sich sicher geglaubt hatte. Er vermutete, daß dieses Attentat das Werk seiner früheren Freunde war, die versuchten, ihn durch Verletzung zurückzugewinnen. Er hatte seine Willenskraft auf den Kampf gegen diese Papierbombe konzentriert, die das beschauliche Einerlei seines Lebens, das keine Überraschungen bot, aus dem Gleichgewicht zu bringen drohte. Aus Angst, angesteckt werden zu können, hatte er das Buch auf dem Tisch liegenlassen und seine Aufmerksamkeit dem Fernsehen zugewandt. Die schnurrende Fernbedienung hielt er in den Händen.

Die Farben der Nacht drangen in Antoines Wohnung. Der Mond sonnte sich ostentativ auf dem schwarzsandigen Strand des Alls. Antoine versuchte, sich im Auge des Fernsehzyklopen zu hypnotisieren, als sich plötzlich eine Harpune in die Bildröhre bohrte. Funken, ein wenig schwarzer Rauch, die verzerrten Worte eines Ansagers, dann nichts mehr, außer dieser Harpune, die mitten im Bildschirm steckte. Antoine drehte sich erschrocken um, die Fernbedienung fiel zu Boden. Kein Licht war in der Wohnung eingeschaltet, so konnte er nur die menschliche Gestalt des Harpuniers erkennen. Das ist kein Außerirdischer, dachte Antoine etwas beruhigt. Überrascht stellte er fest, daß er keine Angst hatte, was sicher an seiner Überdosis Heurozack lag. Er zwang sich zu zittern und biß sich auf die Unterlippe. Dem Umriß nach handelte es sich um einen Mann von normaler Größe und a priori ohne Fledermausflügel.

Auf der Straße gingen die Laternen an. Jetzt konnte Antoine den Mann erkennen, der ihm gegenüberstand.

»Tom Jones ...«, flüsterte er. »Sie sind Tom Jones. Tom Jones ist ein Einbrecher. Werden Sie mich umbringen? Sind Sie etwa ein Serienmörder?«

Antoine kannte diesen Sänger nur ungefähr, der in den fünfziger Jahren steckengeblieben zu sein schien, doch einige seiner Songs hatte Antoine angenehm und nett gefunden. Das alles bekam nun einen Sinn: Tom Jones mit seinem brünett gefärbten Kräuselhaar, seinen Blumenhemden, seinem gebräunten Sonnenbankgesicht, dieser Kerl war ein Psychopath. Tom Jones lachte. Er trug einen schlichten schwarzen Anzug mit einem über der Brust offenen weißen Hemd und schwarzen Lackschuhen. Diese Klamotten hätte auch Jerry Lee Lewis tragen können.

»Falsch, falsch, falsch. Du liegst völlig falsch, Tony. Ich bin nicht Tom Jones, auch kein Einbrecher und noch viel weniger ein Serienkiller. Kleidet sich ein Mörder denn mit so viel Stil und Eleganz?«

»Ich weiß nicht, aber jemand, der normal ist, würde auch keinen solchen Anzug anziehen. Sie sind Tom Jones. Sie sprechen wie er, Sie haben das gleiche Lächeln, das gleiche geölte Kräuselhaar. Sie sind Tom Jones.«

»Irrtum, Tony. Ich bin das Phantom von Tom Jones.«

»Ist Tom Jones denn gestorben?«

»Nein.«

»Wie können Sie dann sein Phantom sein?«

»Ich bin ein vorzeitiges Phantom. Das kommt vor. Ich erscheine nur, wenn der lebendige Tom Jones schläft.«

»Sie machen Witze.«

»Durchaus nicht, Tony. Faß mich an!«

Tom Jones oder sein Phantom kam auf Antoine zu, und zwar übertrieben locker, seine Augen blitzten schalkhaft, seine Finger schnippten.

»Verstehe schon«, sagte Antoine, indem er zurückwich, »Sie sind pervers.«

»Ich bin ein Phantom!« sagte Tom lachend. »Faß mich an, und du wirst sehen, daß deine Hand durch meinen Körper greifen kann.«

Und wirklich, Antoines Hand ging durch Toms Körper hindurch. Das amüsierte Antoine sehr.

»So, das reicht jetzt! Pfoten weg! Ich bin kein Spielzeug, Tony.«

»Könnten Sie wohl aufhören, mich ›Tony‹ zu nennen?«

»Kein Problem, Tonio.«

»Also gut, nennen Sie mich weiter Tony, das ist weniger gräßlich.«

»Kein Problem, Tony. Du erlaubst, daß ich einen Blick in deinen Kühlschrank werfe?«

Ohne eine Antwort abzuwarten, ging Tom in die Küche, öffnete die Tür des Kühlschranks, die Küche wurde hell. Antoine folgte ihm. Sprachlos stand Tom vor dem geöffneten Kühlschrank, fiel auf die Knie, hob die Arme wie zum Lobpreis angesichts der Menge der hier gehorteten Nahrungsmittel. Er stand wieder auf und stapelte in seinen Armen Nutella, Gänseleberpastete, eine Wurst, Käse, Blinis, alles mögliche Eßbare. Er legte seine Schätze auf den großen Küchentisch, setzte sich auf einen hohen Stuhl und begann, die Dinge zu verschlingen.

»Phantome essen?« fragte Antoine, als er sich auf einen Hocker ihm gegenüber setzte.

»Das ist der Beweis«, sagte Tom. Er hatte den Mund voller mit Gänseleberpastete und Nutella bestrichenen Blinis. »Und was außerdem gut ist, man nimmt nicht zu. Man kann den ganzen Tag Hamburger essen, so viel Cola trinken wie man will, trotzdem legt man kein Kilo zu. Ein Phantom zu sein ist super, es ist ein tolles Leben, Junge. Reichst du mir mal die Coke?«

»Hören Sie, Tom, Sie sind ja ganz sympathisch, Sie singen auch schöne Songs, aber morgen muß ich arbeiten. Könnten Sie also nicht bei jemand anderem herumspuken?«

»Kann ich nicht«, sagte Tom, nachdem er die Hälfte der Flasche ausgetrunken hatte und ohne jede Zurückhaltung rülpste. »Ich habe eine Mission zu erfüllen, deshalb bin ich ja hier.«

»Oh, und Ihre Mission besteht darin, meinen Kühlschrank leerzufuttern?«

»Nein, aber das macht die Mission nur sympathischer.«

»Können Sie nicht einen Augenblick aufhören zu essen, und mir eine Erklärung geben, ohne dabei die Krümel überall hinzuspucken? Ich bin's nämlich, der hier saubermacht.«

»Cool, Tony. Ich bin als dein Schutzengel abkommandiert worden.«

»Um mich über die Gefahren von Cholesterin aufzuklären? Wer hat Sie abkommandiert?«

»Weiß ich nicht mehr, ich war sternhagelblau. Jedenfalls bin ich da, um dich aus dieser ganzen Scheiße herauszuholen.«

Mit einer großen Geste umfaßte Tom die gesamte Wohnung. Er rülpste und durchstöberte den Berg von Eßbarem. Deutlich sichtbar hatte das Phantom von Tom Jones weniger Klasse als das Original.

»Ist doch wunderbar, und weiter?« bemerkte Antoine ironisch.

»Kann man so sagen«, bestätigte Tom und griff nach einer Tüte Chips. »Na gut, Tony, wie sieht denn dein Leben aus? Bist du glücklich?«

»Dieses Wort würde ich nicht unbedingt verwenden, aber ich bin auch nicht unglücklich.«

»Weder glücklich noch unglücklich. Es gibt nichts Schlimmeres. Dein Leben ist ganz einfach Scheiße.«

»Danke, das ist außerordentlich feinfühlig. Um Schutzengel zu werden, besuchen Sie da nicht Schulungskurse in Psychologie?«

»Nein, das lernt man bei der Arbeit. Du bist mein erster, Tony, my first one.«

»Fabelhaft, wirklich fabelhaft.«

Antoine begann, die Speiseabfälle und Verpackungen einzusammeln. Tom wischte den Tisch mit seinen Händen ab, hob die fettigen Papiere hoch, die Kuchenreste, die Lachsscheiben und fand schließlich, was er suchte: die Taschenbuchausgabe des Briefwechsels von Flaubert. Er wischte den Staub und die Fettflecken vom Umschlag, blätterte in dem Buch und öffnete es auf einer Seite, deren Ecke er umknickte.

»Hier also. Hast du ein Mikro, Tony?«

»Im Wohnzimmer, Tom«, murmelte Antoine und wurde immer müder. »Unter der Hi-Fi Anlage.«

Nachdem er einen kleinen Topf Kaviar mit einem Strohhalm mit Mickeymauskopf ausgeschlürft hatte, ging Tom ins Wohnzimmer. Er packte das Mikrophon aus, befestigte es an einem Ständer und verband es mit der Hi-Fi Anlage. Ein schrilles Verzerrungsgeräusch brach hervor.

»Kannst du mir mal mein ›Best of‹ rüberreichen, Tony?«

»Ich habe Ihr ›Best of‹ nicht, Tom. Und außerdem habe ich keine einzige Platte.«

»Ist nicht schlimm«, sagte Tom und zog eine CD aus seiner Tasche, »ich hatte diese Katastrophe schon geahnt. Deine Anlage hat eine Karaoke-Option, das ist wirklich toll.«

Er legte die CD in den Player und drückte auf irgendwelche Knöpfe. Das Buch mit Flauberts Briefwechsel hielt er offen in der linken Hand. Er klopfte auf das Mikrophon, drückte auf »Play«, und die ersten Noten seines Hits »She's A Lady« drangen aus den Lautsprechern, aber ohne Worte. Er bewegte seinen Kopf im Rhythmus der Musik und begann, einen Auszug aus einem Brief an Mademoiselle Leroyer de Chantepie mit Datum vom 18. Mai 1857 zu singen. Dabei folgte er haargenau der Melodie seines Songs, fügte allerdings ein paar eher persönliche Ausrufe hinzu:

Die leichtfertigen, beschränkten Leute, die anmaßenden und enthusiastischen Geister wollen bei allen Dingen eine Schlußfolgerung, sie suchen nach dem Ziel des Lebens, wowwowwow, und nach der Dimension des Unendlichen, yeahyeahyeah!
Sie nehmen eine Handvoll Sand, mmmhh, in ihre armselige kleine Hand, eine Handvoll Sand,
und sagen zum Ozean:
»Ich werde die Körner an deinem Ufer zählen«, yeah!
Doch da ihnen die Sandkörner aus der Hand rieseln, wow, dauert das Zählen lange,
sie stampfen mit den Füßen und heulen, yeahyeahyeah, und heulen.
Wissen Sie, was man am Strand machen muß?
Man muß niederknien oder spazierengehen, wowwowwow!
Gehen Sie spazieren!
Geh spazieren, Tony! Wow, geh spazieren! Mmmhh, geh spazieren, Tony!

Im Sofa versunken, ließ Antoine sich von dem angenehmen Rhythmus des Songs einlullen, obwohl er das gar nicht wollte. Die Worte hatten ihn in einen Taumel versetzt, er hielt ein großes Kissen im Arm. Am Ende des Songs kam Tom zu ihm. Er packte ihn bei den Schultern und schüttelte ihn freundschaftlich.

»Hör auf, dir immer und immer wieder den Kopf zu zermürben, Tony. Ein bißchen ist ja ganz in Ordnung, aber der große Gustave hat recht: Geh am Ufer spazieren! Du mußt mit deinem Schwachsinn aufhören, du bist kein Golden Boy, das entspricht dir doch gar nicht. Schick einfach alle in die Wüste, diesen Blödmann von Raphi zuerst, tu dich wieder mit deinen Freunden zusammen, und fang ein neues Leben an. Yeah, fang' ein neues Leben an, Tony.«

»Alles, was Sie da sagen, erinnert an Songtexte…«, flüsterte Antoine und rang sich ein Lächeln ab.

»Berufsbedingte Verbildungen«, räumte Tom ein.

Die Nacht neigte sich ihrem Ende zu, die Vögel zwitscherten und hüpften in den Verstrebungen der Überlandleitungen und auf den Elektromasten herum. Tom stand auf und klopfte seinen Anzug ab.

»Ich muß jetzt gehen: andere Versager brauchen meinen Rat auch noch. Aber ich werde weiterhin über dich wachen, so lang, wie du die Sache nicht hinter dich gebracht hast. Und du wirst sie hinter dich bringen, Tony. Weißt du, was Nietzsche gesagt hat? ›Die Intelligenz ist ein tolles Pferd, man muß lernen, seine Zügel fest in die Hand zu nehmen, es mit gutem Hafer zu füttern, es zu striegeln und manchmal die Peitsche zu gebrauchen.‹ Ciao, Tony.«

Das Phantom von Tom Jones ging durch das Wohnzimmer und verschwand in der Dunkelheit des Flurs, ohne daß Antoine hören konnte, wie sich die Tür öffnete. Er schlief auf dem Sofa für einige Stunden ein, die ihm wie Jahrhunderte vorkamen.

In der Woche, die auf den Besuch des Phantoms folgte, redete Antoine mit keiner Menschenseele. Er wirkte besorgt. Er ignorierte Raphi, seine Börsenhändlerfreunde und ihre Treffen an den immer gleichen schicken Treffpunkten. Am Freitag abend winkte er, als er das Büro verließ, nach einem Taxi, um nach Hause zu fahren. Ein schwarzer Lieferwagen mit gefärbten Scheiben, auf dem eine auf einem Drachen reitende Frau abgebildet war, bremste mit quietschenden Reifen genau vor ihm. Der Fahrer wandte sich zu Antoine und zielte mit einem Revolver auf ihn. Er hatte eine Albert-Einstein-Maske vor dem Gesicht. Die Tür des Wagens glitt zur Seite, zwei weitere Einsteine packten ihn jeweils an einem Arm und stießen ihn hinein. Antoine reagierte nicht. Er war derart erschöpft, derart abgespannt, daß er keine Kraft hatte, gegenteiligen Willensäußerungen gegenüber Widerstand zu leisten. Die Einsteine knebelten ihn, verbanden ihm die Augen und fesselten ihn. Antoine versuchte, sich die Fahrtstrecke zu merken, die Kreuzungen, an denen der Wagen nach links oder nach rechts abbog, die roten Ampeln, doch nach fünf Minuten verlor er den Faden. Nach einer Fahrt, während der das Auto mehrfach ins Schleudern geriet oder der Motor abgewürgt wurde, hielt der Lieferwagen an. Die Einsteine führten Antoine hinaus. Die milde Luft dieses Septemberabends war so angenehm, als wäre sie aus Seide gesponnen. Sie betraten einen geschlossenen Ort, ein Haus, vermutete Antoine. Jemand packte ihn um die Hüfte und hob ihn auf seine Schultern. In dieser Position wurde er mehrere Etagen hinaufgetragen, die er aber nicht mitzählen konnte, weil ihm so schwindelig wurde. Eine Türe öffnete sich. Arme setzten ihn auf einen Stuhl. Die Kidnapper nahmen ihm die Fesseln ab, dann die Augenbinde, und banden ihn am Stuhl fest. Auch den Knebel ließen sie in seinem Mund. Einige Sekunden lang sah er nur undeutlich, erriet Umrisse um sich herum, ein Fenster. Dann wurden die Bilder klar, er konnte die vier schwarzgekleideten Personen erkennen, die immer noch ihre Albert-Einstein-Masken trugen. Sie standen im Halbkreis vor ihm, ohne ein Wort zu sagen. Antoine versuchte zu sprechen, doch sein Knebel erlaubte keinerlei Artikulation. Er schaute sich aufmerksam um, auf der Suche nach einem Indiz, nach etwas, das erklären könnte, warum man ihn gekidnappt hatte. Große weiße Vorhänge waren vor die Wände gespannt worden und vor das Fenster. Eine Halogenlampe beleuchtete seine Entführer von hinten, was sie noch größer und beeindruckender aussehen ließ, als sie in Wirklichkeit waren. Ihre riesenhaften Schatten verteilten sich im ganzen Raum und fielen auf den an seinen Stuhl gefesselten Antoine. Die Plastikfurchen auf den Einstein-Masken traten furchterregend hervor, und ihre weißen Mähnen leuchteten wie flammende Hügel, deren Farben erloschen waren.

Sie zogen Antoine auf seinem Stuhl durch den Raum, bis er mit dem Rücken zum Fenster saß. Neben ihm stellten sie einen Diaprojektor auf. Und dann begann die bestürzendste Teufelsaustreibung, die jemals stattgefunden hat.

Aus einem Plastikbeutel des Supermarktes Champion holte ein Albert Einstein etwa zehn Hühnerköpfe und Hühnerfüße hervor. Er legte sie im Kreis um den Stuhl herum und befestigte einen Hühnerkopf mit schönen Federn an Antoines Hals. Ein anderer Maskierter nahm eine mit Blut gefüllte Flasche und beschmierte ihm das Gesicht. Danach stellten sich die vier knapp hinter Antoine auf. Das Licht erlosch, der Diaprojektor begann zu arbeiten.

Zugleich mit der Projektion von großen Geistern der Menschheit, von Kunstwerken, Erfindungen und Entdeckungen, lasen die vier Einsteine – Beschwörungen gleich – Texte, die als naive allopathische Therapie die Lethargie bekämpfen sollten. Alle vier hielten eine Ausgabe der Metaphysischen Meditationen von Descartes in den Händen, und zwar die in dem roten Einband der Französischen Universitätsdruckerei, und man hätte meinen mögen, sie hielten Gebetsbücher. Im Chor lasen sie die erste Meditation laut vor, während die Gesichter von Künstlern, von Wissenschaftlern, von Geistesgrößen und der Simpsons auf dem Vorhang vorbeidefilierten. Anschließend lasen sie Auszüge aus den »Pensées« von Pascal, den Kommentaren eines in Gracián und in burgundischen Wein Verliebten und die heitersten Szenen aus »Drei Mann in einem Boot« von Jerome K. Jerome.

Diese Teufelsaustreibung dauerte etwas über eine Stunde. Am Ende hörte das Klicken des Diaprojektors auf. Die Entführer brachen ihren hochgebildeten Singsang ab, schalteten die Lampe ein und zogen die Vorhänge zurück, die die Wände des Raums verdeckten. Antoine erkannte sein altes Appartement in Montreuil wieder. Die Kidnapper nahmen ihre Masken ab: die schweißgebadeten Gesichter von As, Charlotte, Ganja und

Rodolphe kamen zum Vorschein. Sie schienen mit ihrer Arbeit zufrieden, doch es bedurfte einiger Gestikulationen Antoines auf seinem Stuhl, bis sie endlich daran dachten, ihn zu befreien.

»Seid ihr wahnsinnig geworden oder was?« fragte Antoine so ruhig er konnte und befreite sich voller Grauen von dem Hühnerkopf an seinem Hals.

»Wir haben nur den bösen Zauber von dir nehmen wollen, Antoine«, erklärte Ganja. »Du warst ein ziemlich gemeines Arschloch geworden.«

»Ich habe eine Tante, die ist eine Art Voudou-Zauberin«, fuhr Charlotte fort, »sie hat uns erklärt, wie wir dich von diesem Schicksal befreien können, in das du dich selber gestürzt hast.«

»Wir haben dich gerettet«, schwadronierte Rodolphe mit seiner üblichen Selbstgefälligkeit. »Du warst ja zu einem Zombie verkommen. Wir haben dich entzombifiziert. Mission erfüllt.«

As nahm Antoine in seine Arme und drückte ihn fest an seinen leuchtenden Körper. In Achtsilbern sagte er ihm, wie glücklich er sei, ihn wiederzusehen. Antoine gab die Vorstellung auf, nun in Zorn auszubrechen: Seine Freunde hatten schließlich nur eine großherzige Absicht ihm gegenüber. Auch wenn das ungeschickt abgelaufen war und durchaus Gefahr bestand, ihn zu traumatisieren, so hatten sie ihn doch retten wollen.

Antoine erzählte ihnen – ohne den nächtlichen Besuch des Phantoms von Tom Jones zu erwähnen, er wollte seine Freunde nicht wegen seines Geisteszustands beunruhigen – , daß er vor einer Woche aufgehört hatte, seine Pillen einzunehmen und seinen Abgang mit Glanz und Gloria vorbereitet hatte: Er hatte ein Virus in das Computersystem von Raphis

Unternehmen eingeschleust, das, weil es mit der ganzen Welt vernetzt ist, bei der nächsten Eröffnung der Märkte zu Beginn der Woche ein fröhliches Tohuwabohu in der Finanzwelt auslösen würde.

In dieser Nacht der Erlösung schliefen sie alle ausgestreckt auf den weißen Tüchern in Antoines Appartement, wie Kinder in einer Baumhütte inmitten eines Zauberwalds.

Ein paar Tage vergingen, während derer Antoine die Zeit mit seinen Freunden verbrachte, sich mit ihnen vergnügte und die Freude wiederentdeckte, daß einer auf den anderen angewiesen war.

Eines Morgens klopften Polizisten an seine Tür und nahmen ihn fest. Raphi war mit ein paar Ersparnissen in die Schweiz geflohen. In der Annahme, sein helvetisches Exil sei eine hinreichend grausame Bestrafung, verzichtete die Justiz auf seine Auslieferung. Bald schon fand ein Prozeß statt. Antoine zahlte eine Strafe, die alles Geld verschlang, das er verdient hatte; auch seine gesamten unnützen Güter, seine Bilder und sein Auto, wurden eingezogen; und weil niemand verwundet worden war, wurde er nur zu sechs Monaten Haft auf Bewährung verurteilt. Antoine fand, daß dies ein angemessener Preis für Raphis Exil war und auch dafür, daß er einige Milliarden hatte verschwinden lassen.

Es war einer dieser Morgen zu Beginn des Herbstes, an denen der Mond den Tag überdauert. Die Sonne erschien nicht am Himmel: Man ahnte sie sanft in allen natürlichen und städtischen Einzigartigkeiten, sie schwitzte aus Blütenblättern, alten Häusern und aus den müden Gesichtern der Passanten. In der fruchtbaren Vernichtung der Zeit erblühen für die verwundbaren Augen die einzig wirklichen Gärten Eden, die, deren Architektur eine Sensation ist.

An diesem Samstag morgen wachte Antoine um acht Uhr auf. In den verworrenen Fluten, die zwischen dem Schlaf und dem Erwachen dahinströmen, glaubte er ein Lied zu hören.

Er streckte sich und stand auf, stellte Wasser hin und ging duschen. Dann brühte er sich einen Tee und betrachtete am Fenster stehend einen Augenblick lang die grüne dampfende Flüssigkeit. Auf einem Zweig schien ein Rotkehlchen seine Pose für Antoines Erinnerung einzunehmen. Die Sommersonne hauchte ein dauerhaftes Licht in die Atmosphäre. Ohne einen Schluck von seinem Tee zu trinken, stellte er die Tasse vor dem Fenster ab und verließ sein Appartement.

Er ging bis zum Park von Montreuil, wobei er sich zwischen Autos und Passanten hindurchschlängelte. Er beeilte sich, seine Schnürsenkel waren offen, sein wirres Haar war noch feucht. Zu dieser Stunde war der Park fast menschenleer: alte Menschen gingen spazieren, Frauen ließen ihre Kinder durchpusten, eine Malerin mit großem Hut hatte ihre gerahmte Leinwand aufs Gras gelegt.

Antoine ging geistesabwesend weiter, als habe er sich an diesem flachen, ruhigen Ort verlaufen. Er setzte sich neben einen alten Mann auf eine Bank, der sich auf seinen Stock mit Silberknauf stützte. Der alte Mann trug einen grauen Filzhut mit schwarzem Band. Er wandte sein Gesicht kurz zu Antoine herüber, nahm dann aber wieder seine Position als müder Wachsoldat ein. Antoine blickte in dieselbe Richtung und sah einen Augenblick lang nichts, doch als er die Augen zusammenkniff und schärfer sehen konnte, tauchte eine junge Frau unmittelbar vor ihm auf. Sie sah Antoine prüfend an, senkte den Kopf, bückte sich, um ihn genauer zu untersuchen, als sei er eine Skulptur, dann reichte sie ihm die Hand. Er wollte sprechen, doch die junge Frau legte einen Finger auf ihre Lippen, gab ihm zu verstehen, er solle aufstehen und ihr folgen. Sie entfernten sich von der Bank und dem alten Mann.

»Ich suche Freunde«, sagte die junge Frau und sah zuerst Antoine an, dann blickte sie um sich.

»Wie sehen sie aus?«

»Wie du, vielleicht. Du hast ausgesehen wie jemand, der interessant ist, als du da auf der Bank gesessen hast, und da habe ich mir gesagt, daß du wohl gerne ein Freund von mir sein würdest. Du siehst aus, als wärst du von guter Qualität. Von hoher Qualität.«

»Von hoher Qualität ... Man könnte meinen, du würdest von Schinken reden.«

»Nein, nicht von Schinken, ich esse kein Fleisch.«

»Dann ißt du deine Freunde?«

»Ich habe keine Freunde mehr, du solltest besser zuhören. Jetzt müßtest du, weil ich bestürzende Dinge sage, mich eigentlich fragen, wieso.«

»Mein Agent hat vergessen, mir die Fortsetzung des Drehbuchs zu schicken. Also ... wieso?«

»Wieso was?« fragte sie und täuschte ihr Erstaunen sehr überzeugend vor.

»Wieso hast du keine Freunde mehr?«

»Sie sind schimmelig geworden. Ich hatte nicht gemerkt, daß sie ein Verfallsdatum hatten. Darauf muß man aber achten. Meine Freunde haben angefangen, Spuren von Moder aufzuweisen, stockfleckig zu werden. Was sie gesagt haben, begann zu stinken ...«

»Das kann gefährlich sein.«

»Ja, sie hätten mich mit Salmonellose anstecken können.«

»Hast du sie in die Mülltonne gesteckt?«

»Nein, war nicht nötig, sie haben sich ganz allein in ihr schwachsinniges Leben gestürzt.«

»Du bist hart.«

»Entschuldige, aber das ist nicht der richtige Text. Du mußt sagen: ›Du bist großartig.‹«

»Es hat im letzten Augenblick ein paar Änderungen im Drehbuch gegeben.«

»Ich erfahre solche Dinge immer als letzte!«

Die junge Frau blieb abrupt stehen und schlug sich mit der Hand an die Stirn. Sie stellte sich ein bißchen niedergeschmettert vor Antoine hin, mit aufgerissenen Augen.

»Wir haben ja die Szene mit der Vorstellung übersprungen! Jetzt müssen wir alles noch einmal von Anfang an durchspielen. Komm, wir gehen noch einmal zur Bank.«

»Weißt du«, sagte Antoine und hielt sie zurück, »wir können auch eine Abkürzung nehmen. Deshalb ist doch der Schnitt erfunden worden.«

»Stimmt. Gehen wir ein paar Schritte, ohne etwas zu sagen, und dann stellen wir uns vor. Action!«

Sie gingen durch die kleinen Parkalleen, über den Rasen, sie betrachteten die Bäume, die Vögel. Das Klima war mild, die Luft war klar und glänzte fast. Noch nie war ein September so angenehm; er nahm den nahenden Herbst überhaupt nicht wahr, verharrte stolz und aufrecht, verbrannte die letzten Kräfte des Sommers, als wären sie unendlich.

»Oh«, sagte die junge Frau ganz plötzlich, »ich heiße Clémence.«

»Angenehm«, antwortete Antoine unbeschwert, beinahe heiter. »Ich heiße Antoine.«

»Ich freue mich sehr, deine Bekanntschaft zu machen«, sagte sie und drückte seine Hand. Dann, nach ein paar Augenblicken der Stille, fuhr sie fort: »Jetzt, Antoine, nehmen wir den Text da wieder auf, wo du gesagt hast, daß ich großartig sei.«

»Ich sagte, daß du sehr streng bist.«

»Du bist ungerecht. Beurteilst du denn niemanden?«

»Ich versuch's, aber das ist schwierig.«

»Meine Theorie lautet, daß man verstehen und urteilen kann. Wir urteilen doch nur, um uns zu schützen, wer versucht schon, uns zu verstehen? Wer versteht die, die versuchen zu verstehen?«

»Lacenaire sagte, die einzigen, die befähigt sind zu urteilen, sind die Verurteilten.«

»Na ja, das geht, wir sind die Verurteilten«, sagte Clémence und breitete die Arme aus. »Ich bin schon immer verurteilt gewesen, seit ich klein war, wurde ich mit stummen Sätzen beurteilt. Ist doch schön, was ich sage, oder?«

»Beispiel?«

»Zum Beispiel: alles. Die ganze Gesellschaft ist ein Urteil gegen mich. Die Arbeit, das Studium, die moderne Musik, das Geld, die Politik, der Sport, das Fernsehen, die Models, die Zeitungen, die Autos. Genau das, das ist ein gutes Beispiel, die Autos. Ich kann nicht radfahren oder gehen, wo ich will, ich kann die Stadt nicht genießen: Die Autos verurteilen meine Freiheit. Und sie stinken, sie sind gefährlich ...«

»Einverstanden. Autos sind ein Übel.«

Sie kauften Zuckerwatte, schnappten und rissen an den rosafarbenen Spiralen und verschlangen sie schnell und verklebten sich dabei Finger und Lippen.

»Noch etwas«, sagte Clémence. »Meiner Ansicht nach besteht die große Zweiteilung der Welt, na gut, abgesehen von all dem Kram mit den sozialen Schichten, besteht die große Zweiteilung der Welt zwischen denen, die zu Parties gegangen sind, und denen, die nicht hingegangen sind. Diese Zweiteilung der Menschheit, die von den ersten Gymnasialjahren an besteht, dauert ein ganzes Leben in unterschiedlichen Formen an.«

»Ich bin nie zu Parties eingeladen worden.«

»Ich auch nicht. Man hatte Angst, ich könnte sagen, was

ich dachte, und ich dachte viel Schlimmes über meine Kameraden. Ich verabscheute fast die ganze Welt. Das war fabelhaft. Doch jetzt ist ihnen klar geworden, wie großartig wir sind, und jetzt wollen sie uns zu den Erwachsenenfeten einladen und so tun, als sei überhaupt nie etwas gewesen, als sei alles vergessen und begraben. Aber so ist es nicht, nein, wir werden nicht hingehen.«

»Oder nur, um ein paar Petit Four aufzuspießen oder ein paar Flaschen Orangina in der Kehle prickeln zu lassen.«

»Und jedem mit dem Baseballschläger den Scheitel zu frisieren«, sagte Clémence und machte die Bewegung vor.

»Und erledigt werden sie schließlich mit Golfschlägern, das ist eleganter.«

»Mit Klasse, mit Anmut!«

Vollkommen in ihre Diskussion vertieft, verließen sie den Park. Sie gingen nebeneinander her, Clémence hüpfte und pflückte Blumen, und sie verjagte die Vögel, indem sie in die Hände klatschte. Sie war ungefähr so alt wie Antoine. Mitunter war sie sehr ernst und im nächsten Augenblick locker und leicht, ihre Persönlichkeit hörte gar nicht auf zu sprudeln. Sie breitete ihre Arme aus, und völlig unschuldig rief sie:

»Warum sollte man nicht das Recht haben, Menschen zu kritisieren, sie für Arschlöcher und Schwachsinnige zu halten, nur weil man fürchtet, dann für verbittert und eifersüchtig gehalten zu werden? Jeder verhält sich so, als wären wir alle gleich, als wären wir alle reich, wohlerzogen und gebildet, leistungsfähig, weiß, jung, schön, männlich, glücklich, gesund, und im Besitz eines dicken Autos ... Aber so ist es nicht. Also habe ich das Recht zu schreien, schlechter Laune zu sein, nicht ununterbrochen selig zu lächeln, meine Meinung zu äußern, wenn ich Dinge sehe, die nicht normal oder ungerecht sind, ja sogar die Leute zu beleidigen. Es ist mein Recht zu meckern.«

»Einverstanden, aber ... das ist ermüdend. Wahrscheinlich gibt es auch noch Wichtigeres zu tun, oder?«

»Du hast recht«, räumte Clémence ein. »Es ist idiotisch, seine Energie für Dinge zu verschwenden, die's nicht wert sind. Sparen wir unsere Kräfte lieber, um uns zu amüsieren.«

»Und am Ufer spazierenzugehen.«

»Am Ufer spazierengehen ... Das ist doch aus einem Chanson, oder?«

Clémence trällerte undeutlich eine Melodie vor sich hin. Sie gingen über den Bürgersteig inmitten der Arbeiter und Arbeitslosen, der Studenten, der Alten und Kinder. Die Geschäfte, die Bäckereien, die Banken leerten sich nicht von diesen bunten Tupfern, die die Menschen in dem Kreisel der Stadt darstellen. Ein Auto fuhr hupend vor ihnen vorbei. Es hielt zehn Meter weiter an einer roten Ampel an. Clémence faßte Antoine am Arm.

»Mach die Augen zu«, sagte sie zu ihm. »Ich habe eine Überraschung für dich.«

Antoine schloß die Augen. Eine leichte warme Brise zerzauste das Haar der beiden jungen Menschen. Clémence führte Antoine, indem sie ihn am Arm zog. Sie führte ihn in die Mitte der Straße. Hundert Meter entfernt näherte sich ein schwarzes Auto.

»Gut, du kannst die Augen wieder öffnen.«

»Clémence, da kommt ein Auto direkt auf uns zu«, stellte Antoine ganz ruhig fest.

»Du hast versprochen, mir zu vertrauen.«

»Nein, durchaus nicht, das habe ich nie gesagt.«

»Ach, ich hab nur vergessen, dich darum zu bitten. Vertrau mir, einverstanden?«

»Clémence, das Auto ...«

»Schwör, daß du mir vertraust, und hör auf zu stöhnen,- du Weichei. Beweg dich nicht, das ist ungeheuer wichtig. Schwöre.«

»Einverstanden, Ich schwöre. Ich bewege mich nicht, ich ... bewege mich ... nicht.«

Das Auto war keine dreißig Meter mehr entfernt, es hupte lautstark, damit die beiden jungen Menschen endlich von der Straße verschwanden. Antoine und Clémence bewegten sich keinen Zentimeter, die Passanten schauten schon zu ihnen herüber. Erst im allerletzten Augenblick riß Clémence Antoine am Arm fort, und sie stürzten auf den Bürgersteig. Das schwarze Auto fuhr böse knurrend und zähnefletschend vorbei.

»Ich habe dir das Leben gerettet«, sagte Clémence. »Ich bin deine Heldin!« Sie stand auf und half auch Antoine wieder auf die Beine. »Das bedeutet, wir sind von nun an ein Leben lang miteinander verbunden. Jetzt sind wir füreinander verantwortlich. Wie die Chinesen.«

»Ich glaube, für heute reicht's mir mit den Emotionen.«

»Darfst du eine bestimmte Anzahl von Emotionen nicht überschreiten?«

»Ja, genau das, sonst ist das wie eine Überdosis. Sag mir bloß nicht, daß Überdosen von Emotionen großartig sind, ich bin das nicht gewohnt.«

Von all den bestandenen Abenteuern hungrig geworden, vereinbarten Clémence und Antoine mit As, Rodolphe, Ganja, Charlotte und ihrer Freundin, im Gudmundsdottir zu Mittag zu essen. Doch weil es bis Mittag noch einige Stunden hin war, beschlossen sie, Gespenster zu spielen. Clémence erklärte Antoine, worin das Spiel bestand: Sie müßten sich wie Phantome benehmen, die Menschen auf den Terrassen der Cafés genauestens prüfen, lärmend durch die Straßen und die Geschäfte ziehen, schreien, herumflanieren und sich dabei ihre Unsichtbarkeit zunutze machen, sich verhalten, als wären sie vom Angesicht der Erde verschwunden.

Und so begannen Clémence und Antoine, mit ihren Ketten zu rasseln, ihre Arme furchterregend in die Luft zu schwingen und in der Stadt herumzuspuken.

Verrückte bei Wagenbach

Fernando Pessoa **Ein anarchistischer Bankier**

Die wahren Anarchisten werden Bankiers. Eine verblüffende Erkenntnis, überzeugend vorgetragen von dem großen portugiesischen Autor Fernando Pessoa.

Übersetzt und mit einem Nachwort versehen von Reinhold Werner
SVLTO. Rotes Leinen. Fadengeheftet. 96 Seiten

Edgardo Cozarinsky **Bambi am Broadway**

Einsichten ins Privatleben von Trickfilm-Rehen und -Elefanten, Diktatorengattinnen, schwulen Taxifahrern und Papstmördern. Ein ebenso mondäner wie absurder Lesegenuss!

Aus dem argentinischen Spanisch von Timo Berger
SVLTO. Rotes Leinen. Fadengeheftet. 96 Seiten

Héctor Abad **Kulinarisches Traktat für traurige Frauen**

Ein heiteres und überaus nützliches Brevier, das tropische Sinnesfreude mit der Weltklugheit eines ironischen Kosmopoliten verbindet. Mit praktischen Ratschlägen und Rezepten.

Aus dem kolumbianischen Spanisch von Sabine Giersberg
WAT 546. 128 Seiten

Stefano Benni **Die Bar auf dem Meeresgrund**

Unterwassergeschichten

In einer Bar auf dem Meeresgrund treffen sich Geschichtenerzähler aus der ganzen Welt: mit mediterraner Fabulierlust erzählen sie glaubhafte und unglaubliche Begebenheiten.

Aus dem Italienischen von Pieke Biermann. WAT 615. 208 Seiten

Ernst Jandl **Einer raus, einer rein**

Die schönsten Gedichte ausgewählt von Klaus Wagenbach

Über 100 Gedichte, ausgewählt von einem Freund und Kenner: die irren und die schönen, die rinken und die lechten, die findigen und die flottschen.

SVLTO. Rotes Leinen. Fadengeheftet. 120 Seiten

Javier Tomeo **Hotel der verlorenen Schritte**

Erzählungen

Ein Touristenhasser entdeckt Marsmenschen, ein friedlicher Nachbar sieht sich einem feindlichen Heer gegenüber. Zwei Männer in einem Café streiten darüber, wessen Vater den besseren Beruf hatte – der Boxer oder der Zuckerbäcker? Der spanische Meister des schwarzen Humors beschreibt in seinen neuen Erzählungen Dinge, die wir bislang für unmöglich hielten.

Aus dem Spanischen mit einem Nachwort von Heinrich von Berenberg
SVLTO. Rotes Leinen. Fadengeheftet. 96 Seiten mit Zeichnungen des Autors

Javier Tomeo **Mütter und Söhne** *Roman über Monster*

Zwei Söhne unterhalten sich über Leben, Beruf und ungeklärte Morde – im Hintergrund räuspern sich die Mütter.

Aus dem Spanischen von Elke Wehr
SVLTO. Rotes Leinen. Fadengeheftet. 128 Seiten

Djuna Barnes **Ladies' Almanach**

Verfaßt und illustriert von einer Lady of Fashion

Der berühmte Almanach über »Sternzeichen, Monde und Jahreszeiten« eines ebenso berühmten lesbischen Zirkels, samt einem »vollständigen Bericht über tägliche und nächtliche Verwirrungen«.

Aus dem Amerikanischen von Karin Kersten
Mit einem Nachwort von Brigitte Siebrasse
WAT 465. 144 Seiten

Ermanno Cavazzoni **Kurze Lebensläufe der Idioten**

Kalendergeschichten

Ein fabelhaftes Fabelbuch aus Italien, voller Sprichwörter und Lebensweisheiten. Und voller Idioten, die der Wirklichkeit mit Feuer und Mathematik zu begegnen suchen, die die Geschwindigkeit ablehnen oder sich in die Lüfte erheben wollen, die einen zu kleinen Kopf oder ein zu großes Herz haben. Kurz: Leute wie du und ich.

Aus dem Italienischen von Marianne Schneider
WAT 527. 144 Seiten

Klassiker aus Frankreich

Klaus Völker Boris Vian *Der Prinz von Saint-Germain*

Klaus Völkers Buch ist eine Hommage an den Schriftsteller, Ingenieur und Schauspieler, der nicht nur an einer schweren Weihrauchphobie litt, sondern auch ein begnadeter Jazzmusiker war.

WAT 529. 192 Seiten mit vielen Abbildungen

Boris Vian Herbst in Peking

Der exaltierteste Roman von Boris Vian: Die Geschichte einer Liebe und das Scheitern einer großen Spekulation.

Aus dem Französischen von Eugen Helmlé. WAT 519. 296 Seiten

Boris Vian Der Voyeur *13 unanständige Geschichten*

Dreizehn Beispiele einer absurden, geilen und menschenfreundlichen Literatur, die die genußvolle Beschädigung von gesellschaftlichem Porzellan zum Prinzip ihrer Kunst macht.

Aus dem Französischen von Frank Heibert, Irmgard Hartig
und Klaus Völker. Herausgegeben von Klaus Völker
WAT 418. 144 Seiten

Wüst ist auch schön! *Französische Liebesgeschichten*

In den hier vorgetragenen Erzählungen erfahren wir von den französischen Möglichkeiten der Liebe: im passenden und unpassenden Alter; als Wunsch, Wille und Vorstellung; als Dienstleistung, Not, Eifersucht, Eheglück und Urlaubskürzel.

Zusammengestellt von Ludger Jorißen
SVLTO. Rotes Leinen fadengeheftet. 128 Seiten

Raymond Queneau Man ist immer zu gut zu den Frauen

Ein britisches Postfräulein und sieben Kämpfer der Irischen Republikanischen Armee sind in einem Postamt in Dublin zusammengeschlossen. Draußen tobt der Kampf. Da beginnt die junge Gertie, einen Rebellen nach dem andern zu verführen.

Aus dem Französischen von Eugen Helmlé. WAT 409. 144 Seiten

Raymond Queneau **Intimes Tagebuch der Sally Mara**

Die intimen Aufzeichnungen der kurz vor ihrer Volljährigkeit stehenden Sally Mara – frei von unanständigen Gedanken, aber ständig in pikanten Situationen. Frivol und komisch wie kein anderes Buch Queneaus.

Aus dem Französischen von Eugen Helmlé
WAT 394. 240 Seiten

Jacques Roubaud **Die schöne Hortense**

Was haben der adelige Poleven-Kater Alexander Wladimirowitsch aus Poldevien und der geheimnisvolle junge Mann aus dem Autobus mit der schönen Hortense zu tun, die beim Besitzer einer jungen rothaarigen Katze, Professor Orsells, Philosophie studiert und ihren Lebensunterhalt im Geschäft des Bäckers Groichant aufbessert, um sich das »Minimum an Kleidungsstücken« zu kaufen, das sie für gewöhnlich trägt (oft nicht mal ein Höschen)?

Aus dem Französischen von Eugen Helmlé
WAT 547. 240 Seiten

Junge Literatur aus Frankreich

Martin Page **An Weltuntergänge gewöhnt man sich**

Dieser dritte Roman des Woody Allen der jungen französischen Literatur handelt vom Ende einer Liebe, dem zweifelhaften Versuch, eine neue zu verhindern, von einer Karriere im freien Fall und der schlingernden Suche nach der eigenen Person.

Aus dem Französischen von Marcus Seibert
Quart*buch*. Gebunden mit Schutzumschlag. 256 Seiten

Emmanuelle Pagano **Der Tag war blau**

Sommers wie winters sammelt Adèle die Kinder aus den Dörfern und bringt sie in ihrem Bus zur Schule. Lange ahnt niemand, dass sie selbst von dort stammt. Ein strahlender Roman über Selbstfindung und die vieldeutige Kraft der Natur.

Aus dem Französischen Nathalie Mälzer-Semlinger
Quart*buch*. Gebunden mit Schutzumschlag. 176 Seiten

Tanguy Viel Das absolut perfekte Verbrechen

In einer nordfranzösischen Hafenstadt plant die örtliche Gaunerbande den Überfall auf das Casino. Der Plan ist ebenso verrückt wie perfekt ... Ein filmischer Roman in Schwarz-Weiß über den Traum vom großen Glück.

Aus dem französischen von Hinrich-Schmidt-Henkel
Quart*buch*. Gebunden mit Schutzumschlag. 160 Seiten

Paris Eine literarische Einladung

Paris – Stadt der Liebe und Literatur. Dieser Band lädt ein zu literarischen Spaziergängen durch die Metropole an der Seine. Zeitgenössische Texte – viele erstmals übersetzt – erzählen Geschichten von Orten, Menschen und der Pariser Lebensart.

Herausgegeben von Karin Uttendörfer und Annette Wassermann
SVLTO. Rotes Leinen. Fadengeheftet. 144 Seiten mit Illustrationen

Cédric Prévost Liebesschwindel

Als sie sich im weißen Brautkleid vor dem Bett eines fremden Mannes wiederfindet, wird der jungen Schauspielerin klar, daß der Übergang zwischen Theater und Realität bisweilen unkenntlich ist.

Aus dem Französischen von Lis Künzli. WAT 510. 144 Seiten

Junge Autoren bei Wagenbach

Cool Britannia *Junge Literatur aus Großbritannien*

Ein schillerndes Kaleidoskop unterschiedlichster Geschichten: ernst, ironisch, frech, beklemmend, heiter, schrill, aber immer very british.

Herausgegeben von A.L. Kennedy
WAT 533. 144 Seiten

Tour de France *Junge französische Literatur*

Zu Besuch bei der gegenwärtigen französischen Literatur: junge Stimmen, neue Texte.

Herausgegeben von Annette Wassermann. WAT 508. 192 Seiten